# 눈물 한 방울、이어령

‹ 이어령의 마지막 노트 ›

2 0 1 9 - 2 0 2 2

김영사

# 서문

물음표와 느낌표 사이를 쉴 새 없이 오간 게 내 인생이다. 물음표가 씨앗 이라면 느낌표는 꽃이다. 품었던 수수께끼가 풀리는 순간의 그 희열은 무 엇과도 바꿀 수가 없다. 가장 중요한 것은 우선 호기심을 갖는 것, 그리고 왜 그런지 이유를 찾아내는 것이다.

스스로 생각해온 88년, 병상에 누워 내게 마지막에 남은 것은 무엇일까 한 참 생각했다. '디지로그' '생명자본'에 이은 그것은 '눈물 한 방울'이었다.

눈물만이 우리가 인간이라는 걸 증명해준다. 이제 인간은 박쥐가 걸리던 코로나도, 닭이 걸리던 조류인플루엔자도 걸린다. 그럼 무엇으로 짐승과 사람을 구별할 수 있을까? 눈물이다. 낙타도 코끼리도 눈물을 흘린다고 하 지만, 정서적 눈물은 사람만이 흘릴 수 있다. 로봇을 아무리 잘 만들어도 눈물을 흘리지 못한다.

나자로의 죽음과 멸망해가는 예루살렘을 보고 흘렸던 예수의 눈물, 안회顔 回의 죽음과 골짜기에 외롭게 피어 있는 난초 한 그루를 보고 탄식한 공자의 눈물, 길거리에 병들고 늙고 죽어가는 사람을 보며 흘린 석가모니의 눈물. 그 사랑과 참회의 눈물이 메마른 사막에서 우리가 살고 있다.

우리는 피 흘린 혁명도 경험해봤고, 땀 흘려 경제도 부흥해봤다. 딱 하나, 아직 경험해보지 못한 것이 바로 눈물, 즉 박애fraternité다. 나를 위해서가 아니라 모르는 타인을 위해서 흘리는 눈물, 인간의 따스한 체온이 담긴 눈물. 인류는 이미 피의 논리, 땀의 논리를 가지고는 생존해갈 수 없는 시대를 맞이했다. 피와 땀이 하나가 되어야 하루 천 리를 달린다는 한혈마汗血馬처럼 힘을 낼 수 있는데, 현실은 반대로 대립과 분열의 피눈물로 바뀌고 있다. 거기에 코로나 바이러스가 덮쳐 인간관계가 더욱 악화하고 있다. 지금 우리에게 절실한 것이 있다면 자유와 평등을 하나 되게 했던 프랑스 혁명 때의 그 프라테르니테fraternité, 관용의 '눈물 한 방울'이 아닌가. 나와 다른 이도 함께 품고 살아가는 세상 말이다.

사랑의 눈물 한 방울이 마법에 걸린 왕자를 주술에서 풀려나게 한다는 서양 동화를 기억하는가? 눈물 없는 자유와 평등은 문명을 초토화시켰다. 인간이 한낱 짐승에 불과하다는 것을 보여준 코로나 주술을 이길 유일한 길은 타인을 위해 흘리는 눈물뿐이다.

자신을 위한 눈물은 무력하고 부끄러운 것이지만 나와 남을 위해 흘리는 눈물은 지상에서 가장 아름답고 힘 있는 것이라는 사실을 우리는 모두 알고 있다. '눈물은 사랑의 씨앗'이라는 대중가요가 있지만 '눈물은 희망의 씨앗'이기도 한 것이다.

인간을 이해한다는 건 인간이 흘리는 눈물을 이해한다는 것이다. 여기에 그 눈물방울의 흔적을 적어 내려갔다. 구슬이 되고 수정이 되고 진주가 되는 '눈물 한 방울'. 피와 땀을 붙여주는 '눈물 한 방울'. 쓸 수 없을 때 쓰는 마지막 '눈물 한 방울'.

2022년 1월

2019

뜰에는 반짝이는 금金 모래 빛.

김소월의 강변. 그 모래들은 도시로 가서

저 높은 건축물이 된다.

　　빈스 베이저의 《모래가 만든 세계》 지구상에서 가장 중요한

　　고체 물질, 인류의 문명을 뒤바꾼 모래 이야기.

도시는 무수한 모래알들을 그 내장 속에 숨기고 있다.

빛을 잃은 모래알들은 시멘트 가루와 철근과 그리고

숲에서 도벌한 나무들과 섞여 도시의 어두운 세포들이 된다.

　　"이 세상에 있는 모래알의 숫자보다도 더 많이 사랑한다."

　　빈스 베이저의 헌사를 보고 깜짝 놀라다. 내가 어릴 적 한 말인데.

어머니가 말씀하셨다.

"엄마를 얼마나 사랑하지?"

나는 두 손을 활짝 열고

"하늘 땅땅 모래 수만큼요!"

죽을 때까지 다 셀 수 없는 모래알들이 어머니를 기쁘게 했다.

　　어머니… 나는 지금 아직도 모래알을 세고 있습니다.

　　어머니의 사랑 다 헤지 못하고 떠납니다.

강변이 아니다. 나는 지금 도시에 산다.

숲과 강변의 나무와 모래가 죽은 곳에서.

　　이것은 낙서落書가 아니다. 승서昇書다.

뜰에는 반짝이는 숱 모래빛.
강소철빛 강변. 그 모래들은 都市로 가서
저 높은 건축물이 된다.
　　　　〈지구상에서 가장 흔한 광물질〉
　　　　　　　　　　　　　모래가 만든 세계
　　　　　　　　　　　　　인류의 문명을 뒤바꿈 모래
　　　　　　　　　　　　　이야기 ‥ 빈스 베이저

都市는 무수한 모래알들을 그 비장속
에 숨기고 있다. 빛을 잃은 모래알들
은 세멘가루와 철콘라 그리고 숲에서
도벌한 나무들과 섞겨 都市의 어두운
細胞들이 된다.
　　　　　　　　　"이 세상에 있는 모래알의 숫자보다도
이것은 낙서가 아니다 톡 쓴다.　더 많이 사랑한다" 빈스 베이저의 책
　　　　　　　　　　　　사를 보고 깜짝놀라다. 내가 어릴적한 법연
어머니가 말씀하셨다. "엄마를 얼마나　　　　　　　　때.
사랑하지? 나는 두손을 활짝 열고
"하늘 땅 땅 모래 수많큼 은 !"
죽을 때 까지 다 셀수 없는 모래알들이
어머니를 기쁘게 했다.
"어머니‥ 나는 지금 아직도 모래 알 속 세고 있습니다. 어머니의 사랑 다 헤치못하고 떠납니다."
강변이 아니다. 나는 지금 都市에
산다. 숲과 강변의 나무와 모래가
죽은곳에서.　　　　　　2019. 10. 24. 새벽

심심해서 하도 심심해서

남편들은 아내를 의심하고

아내들은 남편을 의심하고

아내는 호주머니 속 먼지까지 털고

남편은 핸드백 속 감춰둔 기억까지 뒤진다.

이건 이상李箱이 아니라 내가 한 말.

여백을 살해하라.

흰 종이는 흰고래다.

펜은 작살이다.

나는 에이하브 선장이다.

심심하다는 무위無爲다. 슴슴하다는 무미無味다. 심심할 때 나는 나에게로
돌아온다. 아무것도 하지 않는 시간, 아무 맛도 없는 음식을 먹는 것.
일상으로부터 도망칠 때이다. 빈 스크린이 있기 때문에 서부 활극을 볼 수
있다. 조용한 공백 속에서 음악이 들려오듯이. 모든 의미는 여백을 살해할
때 출현한다. 여백을 죽인 죄는 크다. 짜고 매운 음식을 만든 죄는 크다. 죄의
대가는 죽음이다.

심심해서
하도 심심해서.

남편들은 아내를 의심하고
아내들은 남편을 의심하고 <sub>평생동안</sub>
아버는 호주머니 속 먼지까지 털고
남편은 현 두벽 속 감춰둔 기억 까지 뒤진다
이건 촉감이~~아~~ 아니라 내가 한 말.

白을 殺害하라
흰종이는 흰고래다.
펜은 작살이다.
나는 에이하브 선장이다

2018. 10. 24.

심심하다는 無爲다. 슴슴하다는 無味다. 심심할 때 나는 나에게로 돌아온다.
아무것도 하지 않는 시간, 아무 맛도 없는 음식을 먹는 것. 일상으로부터 도망칠
때이다. 빈 스크린이 있기 때문에 서부활극을 볼 수 있다. 조용한 공백
속으로 ~~음악~~ 에서 음악이 들려오듯이. 모든 의미는 여백을 살해할때
출현한다. 여백은 죽인 죄는 크다 짜라배은 음식을 만든 죄는 크다. 최의
대가는 죽음이다

코는 숨 쉬기 위해 존재한다고 생각한다. Self를 의미하는 한자의 自 자가 코의
모양을 본뜬 것이라고 한다.

息 자를 보면 안다. 새의 날개가 알을 품을 때에는 품개가 되고 추위를 막고
비를 피할 때에는 덮개가 되는 것처럼. 코끼리를 보라. 멧돼지를 보라. 코는 손의
역할을 하고('코끼리 아저씨는 코가 손이래') 멧돼지의 코는 땅을 파는 도구다. 코는
얼굴의 한복판에 있다. 중심.

인간의 코는 코끼리의 코, 멧돼지의 코처럼 숨 쉬기 위해서만 있는 것이 아니라
자신을 자아를 '나'를, "나는 생각한다. 고로 나는 존재한다 Cogito ergo sum"라는
존재의 의식을 나타낸다.

파스칼로 인해 유명해진 클레오파트라의 코. 남성 지배의 세상에서는 여자,
여인, 계집, 아낙네의 코는 없었다. 자기 자신, '나'가 없었다. 유일하게
클레오파트라의 코가 여자에게도 코가 있음을 보여준다. Signs of Cleopatra를 쓴
메리 해머는 로마 때부터 오늘까지 남성들은 클레오파트라의 코를 폄하하기
위해서 총동원되었다고 개탄한다.

시저, 안토니오의 군선을 유람선으로 제패한 그 코가 세계를 지배한다.

> 自는 鼻(코 비)의 본래자이다. 자형은 코의 모습이다. 후에 와서 自가
> 주로 자기라는 뜻으로 쓰이게 되자 소리를 나타내는 畀(줄 비)를 덧붙여서
> 따로 鼻 자를 만들었다.

> 대니얼 J. 부어스틴이 쓴 Cleopatra's Nose의 헌사는 "예상치 않은 것들의
> 전달자인 우리 손자들에게"로 되어 있다. 요컨대 그 코는 우연이라는 것,
> 예상치 못했던 것이라고… 그는 그 코가 오늘의 문명을 몰고 온 필연임을
> 모르고 있었다는 뜻.

나무는 죽어서 종이 되고
돌은 ~~부서 져~~ 꽃이 되고    ※ 삼라석가 다죽을 것는다

코는 숨쉬기 위해 존재한다 고 생각한다. Self 를 意味 하늘 말로 한자의 自.
한자의 '自' 자가 코의 모양을 본뜬 것이라 고 한다. 息자를 보면 안다.
새의 날개가 앉을 돔을 때 에는 돔개가 되고 추위를 막고 비를 피할 때
에는 덮개가 되는 것 처럼. 코끼리를 봐라. 멧 돼지를 봐라.
코는 손의 역할을 하고 '코끼리아 저씨는 코가 손이래' 멧돼지의 코는
땅을 파는 도구다. 코는 얼굴의 한 복판에 있다. 中心.
인간의 코는 코끼리의 코 멧돼지의 코 처럼 숨 쉬기 위해서 만 있는 것이
아니라 자신을 자아를 '나' 〈cogito ergo sum 〉 존재의 의식
~~으요~~ 을 나타낸다.

Pascal 로 유명 해진
Cleopatra 의 코. 남성지
배의 세상에서는 여자.
여인. 계집. 아낙네. 의
코는 없었다. 자기 자신
'나'가 없었다. 유일 하게
크레오파트라 어쩌다가
여자에게도 코가 있음을 보여
준다. Signs of Cleopatra
를 쓴 Mary HAMER 는
로마 때 부터 오늘까지 남성
들은 ~~女~~ 크레오파트라의
코를 꺾 하 하기 위해서 총
동원 되었다고 개탄한다.
시져. 안토니오의 軍船을
유람선 으로 제패 한 그 코가
세계를 支配한다.

自는
自의
異가
본래
自아
다.와
형은
코의
모습
이다.
후에
와서
自가
주로
코끼

리는 뜻으로
쓰이게 되자
소리를 나타
내는 畀(비)
를 덧 붙여서
따로 鼻자를
만들 었다.

Boorstin
이 쓴
Cleopatra's
nose 의 첫
자는 夢 "예상치
않은 것 등의
판단자인 우
리 손자들에
게" 로 되어
있다. 호 컨
데 그 코는
우연이라는
것 예상치
못 했던걸
이라고 ……
그는 그 코가
오늘의 호명
을 보다 할
필연임을
모르고있었
다. 는 뜻

직녀의 TEXT

견우직녀. 칠월칠석. 견우와 직녀의 눈물이 비가 되어 내린다. 그 눈물이
근대에 와서 여공의 노래로 바뀐다. 산업주의의 시, 작은 베틀의 혁명.
면직공장으로부터 생겨난다. 예외가 없이. 여공 베 짜는 공장에서.

　　　베 짜고 실 켜는 여직공들아.

　　　너희들 청춘이 아깝고나.

　　　일 년은 열두 달 삼백은 예순 날

　　　누구를 위한 길쌈이더냐?

　　　어머니 아버지 날 보고 싶거든

　　　인조견 왜삼팔 날 대신 보소.

　　　- 개화기 때의 민요

그때의 여공들은 행복했다. 눈물 흘리며 인조견 짜면서도 그것이 옛날 베 짜는
여인네들처럼 자신의 눈물에 젖은 길쌈이라고 생각한다. 공산품이라도 자기와
동일시한다. 분신이다. 그러기에 날 보고 싶거든 나 대신 인조견을 보라고
한 것이다. 지금 여공들은 직조 공장 직녀들은 개화기 일제 강점기 시대의
여공처럼 노래하지 않는다. TEXT의 산출 방식이 다르다.

　　　인조견人造絹은 사람이 만든 비단이라는 뜻.

　　　문명이 낳은 실! TEXT

# 織女의 TEXT.

견우직녀. 칠월칠석. 견우, 직녀의 눈물이 비가 되어버린다. 그 눈물이 근대에 와서 女工의 노래로 바뀐다. 산업주의의 시작은 베틀의 혁명. 면직공장으로부터 생겨난다. 예외가 없이. 그리고 여공 베짜는 공장에서.

베짜고 실켜는 여직공들아
너희들 청춘이 아깝구나
신녀는 열두달 삼백육십
순날 / 누구를 위한 길쌈
이드냐.?

어머니 아버지
날보고 살거든
인조견 태상단
날 대신 보소
— 개화기때의 민요

그때의 女工들은 행복했다. 눈물 흘리며 인조견 짜면서도 그것이 옛날 베짜는 여인네들처럼 자신의 눈물속에 젖은 길쌈이라고 생각한다. 공산품이라도 자기와 동일시 한다. 분신이여. 그렇기에 날 보고싶거든 내 대신 **인조**견을 보라고 한 것이다. 지금 여공들은 제조공장 직녀들은 개화기 일정시대의 여공처럼 **노래**하지 않는다. TEXT의 산출 방식이 다르다.

— 인조견
人造絹
은 사람이
만든비
단이라
는뜻.
분명이
놓치실
TEXT

생각은 언제나 문명의 속도보다 늦게 온다
자동차가 생겨나도 그 힘을 재는 것은 말이다.
십 마력 엔진은 열 마리의 말이 끄는 힘이고,
백 마력은 백 마리의 말이 끄는 힘이고,
천 마력은 천 마리의 말이 끄는 힘이다.
전등이 생겨나도 그 밝기를 나타내는 단위는 촛불이다.
십 촉짜리 전구는 열 개의 촛불이고,
백 촉짜리 전구는 백 개의 촛불이다.
천 촉의 전구는(그런 전구가 있나) 천 개의 촛불로 밝히는 빛이다.
생각은 언제나 문명의 속도보다 늦다.

생각은 언제나 文明의 속도 보다 늦게 온다

자동차가 생겨나도 그 힘을 재는 것은
말이다. 십마력 엔진은 열 마리의 말이
끄는 힘이고 백마력은 백마리의 말이
끄는 힘이고 천마력은 천마리의 말이
끄는 힘이다

전등이 생겨나도. 그 밝기를 나타내는
단위는 촛불이다. 십촉자리 전구는
열개의 촛불이고 백촉자리 전구는
백개의 촛불이다. 천촉의 전구는
(그런 전구가 있나) 천개의 촛불를 밝히
는 빛이다.

생각은 언제나 文明의 속도보
다 늦다.
늦게 온다.

먼 달을 보듯 내가 나를 본다

아무도 달을 처다보지 않으면 달은 없다.

인간이 달을 보고 달에 상륙하여 첫발을 디뎠을 때

달은 처음으로 존재했다.

아무도 나를 보아주지 않는다면 나는 투명 인간처럼 유령처럼 이 세상에 존재할
수 없다. 내 이름을 누가 불러주지 않으면 나에게는 이름이 없는 것과 같은 일이
벌어진다.

　　　프랑스말 EX(밖으로) TASE(자신, 나)

내가 내 이름을 부른다. 내가 왼손의 맥을 오른손으로 짚는다. 나는 그 순간 둘로
분열된다. 탈자脫自 내가 나 밖으로 나가야만 나 혼자서도 그 존재와 이름이
유효하다. Ecstasy. 그리스말로 ἔκστασις(ekstasis), 'outside of oneself' 자신의
밖으로 나간다는 뜻이다. 우리말로는 '혼이 나간다'. 망아忘我의 뜻으로, 나를
벗어나는 경지이다.

나는 감옥인 게다. 감옥에서 벗어나면 자유롭다. 황홀한 느낌을.

이상은 마치 두 개의 태양처럼 마주 보며 낄낄거리는 나의 존재를 말한 적이
있다. 〈날개〉 서두에 나오는 경구의 하나로. 달을 보듯이 먼 달을 보듯이 내가
나를 봐야 나는 존재한다. 황홀한 느낌으로 오른손으로 왼손의 맥을 짚어본다.

맥이 뛴다.

살아 있다. 아! 내가 살아 있다.

## 먼 달을 보듯 내가 나를 본다

아무도 달을 쳐다보면 달은 없다.
인간이 달을 보고 달에 상륙키려어 첫발을 디뎠을 때
달은 처음으로 존재 했다.
아무도 나를 보아주지 않는다면 나는 특명인간처럼
유령처럼 이 세상에 존재 할수 없다. 내 이름을 누가
불러주지 않으면 나에게는 이름이 없는 것과 같은 일이
벌어진다.     |폴랑스말EX (밖으로) TASE (자신·나)

내가 내 이름을 부른다. 내가 왼손의 맥을 오른손 으로 짚는다.
나는 그 순간 둘로 분열된다. 탈 자 (脫自) 내가 내 밖으로
나가야만 나 혼자서도 그 존재와 이름이 유효 하다. ecstasy
~~~~ 그리스말로 ΕΚΟΤΑΙΟ (Εκstasis) "outside of myself
자신의 밖으로 나간다는 뜻이다. 우리 말로 혼이 나간다.
忘我의 뜻으로 나를 벗어 나는 경지이다.
나는 감옥인게다. 감옥에서 벗어나면 자유롭다.
황홀한 느낌을.

寵箱은 마치 두개의 太陽처럼 마주 보며 낄낄 거리는
나의 존재를 맛칼 적이 있다. 날개 서득이 나오는
경구의 하나로.    달을 보듯이  먼 달을 보듯이
내가 나를 봐야 나는 존재한다. 황홀한 느낌으로
오른손으로 왼손의 맥을 짚어 본다. 먹이된다
살아 있다. 아! 내가 살아 있다.

인간의 상대성 원리

이 세상에 절대絶對란 말은 없다.

단 한 번 이 절대란 말을 쓸 수 있는 경우가 있다.

"절대란 말은 절대로 없다"고.

신이 존재한다면 그 존재가 바로 '절대'다.

상대성에서 완전히 자유로운 EGO EIMI '나'는 '나'이다.

ἐγώ εἰμι

I AM

그래서 신은 유일한 존재이기에 모든 신은 유일신이 되는 것이다.

잡신, 범신은 논리적으로 존재할 수 없는 것이다.

  alone = all one

  어머니는 늘 사이좋게 놀라고 말씀하셨다. 아이들과 싸우지 말고 노는
  것이 사이가 좋은 것이다. '사이'는 너와 나 사이의 빈칸에 있다. 내가
  너에게 네가 나에게 오지 말고 이 빈칸에서 만나자. 한가운데, 그 사이에서
  만나려면 힘이 든다. 나도 너도 아닌 그 사이에 네가 있고 내가 있다.

# 인간의 상대성 원리

이 세상에 절대 絶對 란 말은 없다.
단 한번 이 절대 라 말을 쓸수 있는 경우가 있다.
"절대라 말은 절대로 없다."고.
神이 存在한다면 그 존재가 바로 '절대'다. 상대
성에서 완전히 自由로운 EGO Eimi "나는 나 이다.

## ĖYÓ ĖIMI
## I AM

그래서 神은 유일한 존재 이기에 모든 神은
유일신이 되는 것이다. 雜神 汎神은 논리적
으로 존재 할수 없는 것이다.

## alone = all one

어머니는 늘 사이 좋게 놀아라
라고 말씀 하였다. 아이들라
싸우지 말고 노는것이 사이가
좋은 것이다 '사이'는 너와
나 사이의 빈칸에 있다.
내가 너 에게 네가 나에게

오직 받고 이 빈칸
에서 만나라:
한 가운데. 그 사이
에서 만 나려면 힘
이 든다. 나도 너도
아닌 그 사이에 네가
있고 내가 있다.

아무렇게나 쓰자

　　손 글씨를 쓸 때마다 늘 미안하다. 한석봉의 어머니에게.
40년 만에 처음으로 손 글씨를 쓴다. 컴퓨터 자판으로 써왔는데 이제 늙어서
더 이상 더블클릭도 힘들게 되면서 다시 옛날의 손 글씨로 돌아간다.
처음 글씨를 배우는 초딩 글씨가 될 수밖에 없다.
하지만 아련한 기억이 돌아온다. 지렁이 지나간 글씨 하나마다, 추웠던 겨울의
문풍지 소리, 원고지를 구겨서 발기발기 찢어 쓰레기통에 던지던 소리,
찹쌀떡 사려! 문을 열고 나가면 골목의 어둠만 있던 자취 생활 방, 글씨 모양,
가지각색의 필적이 슬픈 기억 속에서 콩나물시루처럼 자란다.
　　가나다라마바사아자차카타파하아
　　가나다라마바사아자차카타파하아
　　아야어여오요우유으이아
　　아야어여오요우유으이아

# 아무렇게나 쓴 자.

40년만에 처음으로 손글씨를 쓴다.
컴퓨터 자판만으로 써온 글을
늙어서 더 이상 더블클릭도 힘들
게 되면서 다시 옛날의 손글씨로
돌아간다. 처음 글씨를 배우는
초딩의 글씨가 될 수 밖에 없다.

하지만 아련한 기억이 돌아온다.
지렁이 지나간 글씨 하나 마다.
추웠던 겨울의 끓던 주전자 소리. 연탄재를
주걱서 받기받기 찢어 쓰레기통에 던지
던 소리. 찹쌀 떡 사려! 문을 열고
나가면 골목의 어둠만 있던 자취생
활방. 글씨모양, 가지각색의 필적
이 슬픈기억속에서 콩나물 시루처럼
자란다.

가나다라
아바사아
자차카타
파하 아
가나다라
마바사아
자차카타
파하 아
아야어여
오요우유으
이아
아야어여
오요우유
으이아.

2019.10.26

마개와 뚜껑

모든 병에는 마개가 있다.

모든 냄비에는 뚜껑이 있다.

마개가 없으면 병 속의 물은 쏟아지고

뚜껑이 없으면 냄비 속의 음식은 끓지 않는다.

솥뚜껑이 없으면 밥이 되지 않는다.

마개는 금기이고 뚜껑은 통제다.

　　　마개는 '막다'의 동사에서 생겨난 명사형. 그 반대가 따개.

　　　날개가 '날다'에서 생겨난 것과 같다. 이상한 것은 입마개.

열리지 않는 뚜껑, 딸 수 없는 마개라면 브레이크에 걸려

달릴 수 없는 자동차. 제어 장치만 있는 사회, 법, 규제.

딸 수 없는 병, 열리지 않는 솥(냄비) 때문에

목이 타고 배가 고프다.

# 마개와 뚜껑

모든 병에는 마개가 있다.
모든 냄비에는 뚜껑이 있다.

마개가 없으면 병속의 술은 쏟아지고
뚜껑이 없으면 냄비속의 음식은 끓지않는다.
솥 뚜껑이 없으면 밥이 되지않는다.

마개는 禁忌이고 뚜껑은 통제다.

마개는 막다의 동사에서 생겨난 명사형. 그 반대가 따개.
따개가 난다에서 생겨난 것과 같다 이상한 것은 입마개

열리지 않는 뚜껑 딸수없는 마개라면
브레이크의 결려 딸릴수 없는 자동차.
제어장치는 있는 사회. 법. 규제.


딸수없는병 열리지 않는 솥 (냄비)
때문에 복이 타고 배가고프다.

2019. 10. 26

늙다와 낡다

오래 산 사람을 늙다고 하고(늙었다고)

　　노인을 늙은이라고 하면 화를 내지만

오래 쓴 물건을 낡다고 한다(낡았다고).

　　옷은 낡아도 몸은 낡는다고 하지 않는다.

사람과 물건이 다르다는 뜻이다.

　　물건은 죽을 수 없다. 산 적도 없었으니까. 생명은 부서지지 않는다.

그 말 하나로 늙은이는 안심해도 좋다.

　　한자 安은 지붕 밑에 여자가 있다는 뜻. 아파트는 늘 비어 있다.

낡은 게 아니라 늙은 것이다.

　　인공지능으로 움직이는 로봇은 병나지 않고 고장 난다. 부서진다.

물건으론 깨지고 부서지고 바래가는 것이 아니다.

상자가 궤짝이 아니라

　　상자는 부서져도 상자 속의 공간은 없어지지 않는다.

당당한 살아 있는 생명체로 늙어간다.

　　비어 있는 것은 영원하다. 시간이 멈춘다.

바위의 이끼처럼.

　　늙은이여, 쫄지 마. 이가 빠지고 머리카락이 빠져도

　　손톱 발톱이 부서져도 두 손만 있으면

　　만세를 부를 수 있으면 천세 만세 살 수 있다.

# 늙다 와 낡다

오래 산 사람을 늙다 고하고 (늙었다고)
老人을 낡은이라고 하면 화를 내지만

오래 쓴 물건을 낡다 고한다. (낡았다고)
옷은 낡아도 몸은 낡는다 고하지 않는다.

사람과 물건이 다르다는 뜻이다
물건은 죽을 수 없다. 산적도 없었으니까. 생명은 낡어지지 않는다.

그 말 하나로 늙은이는 安心해도 좋다
한자의 安은 지붕 밑에 여자가 있다는 뜻. 아파트는 늘 비고 있다.

낡은게 아니라 늙은 것이다. 물건으로
인공지능으로 움직이는 로봇은 빠지지 않고 고장난다. 부서진다.

깨지고 부서지고 바래가는 것이
아니다. 상자가 궤짝이 아니라
箱子는 부서져도 상자 속의 공간은 없어지지 않는다

당당한 살아 있는 생명체로 늙어
비어 있는 것은 영원하다. 시간이 멈춘다.

간다. 바윗의 이끼처럼.

늙은이여. 쫄리다. 이가 빠지고 머리
카락이 빠져도
손톱 발톱이 무어
두 손만 있으면 저도 만세를 부를
수 있으면 천세
만세 살수 있다.

2019. 10. 29. 아침.

마지막 동화

밤길을 가는데 갑자기 검은 그림자가 뒤를 쫓아온다.

딱딱이 소리도 없었는데 야경꾼인가 보다.

훔친 것도 없는데 냅다 도망친다. 담을 넘고 개천을 건너 정신없이 뛴다.

도망치는 내 속도와 같은 속도로 계속 날 쫓아온다. 잡으려는 기색이 보이지

않는다. 그래도 나는 숨이 멎을 때까지 계속 달리다 벌판에 이른다. 추수가 끝났나

보다. 아무것도 없는 밭인지 논인지 휑한 벌판 이젠 자유다. 동서남북 어디로든 갈

수 있다.

하지만 숨이 차서 더 이상 도망칠 수 없다.

뒤쫓던 야경꾼을 향해서 묻는다.

"누구냐!"

"나다."

달밤에 그런 놀이를 했었지. 내 그림자와 쫓고 쫓기고 일정한 속도로 날 따라오던

그림자. 숨찰 때까지 그림자와 단둘이서 놀다가 더 이상 뛰지 못하고

땅바닥에 누워 하늘을 보면 달이 떠 있었지!

달빛이 너무 밝아 별들은 보이지 않았지!

"너 누구냐!"

"나다!"

그 자리에 쓰러져 하늘을 본다. 달도 별도 없다.

　　사뮈엘 베케트의 *Film*을 조금 표절해서 쓴 내 마지막 동화. 판타지

　　누가 그랬다. 마지막이라는 말을 쓰지 말라고. 마지막 인터뷰를 읽고

　　지인이 나에게 한 경고.

## 마지막 동화

밤길을 가는데 갑자기 검은 그림자가 뒤를 좇아온다
딱딱이 소리도 없었는데 야경꾼인가 보다.
훔친것도 없는데 냅다 도망친다 담을 넘고 개천을 건너
정신없이 뛴다 도망치는 내속도와 같은 속도로 계속 난
좇아온다. 잡으려는 기색이 보이지 않는다. 그래도 나는
숨이 멎을 때 까지 계속 달리다 벌판에 이른다. 추수가
끝난나보다 아무것도 없는 밭인지 논인지 휑한 벌판
이전 튀어나온다. 동서남북 어디로라도 갈 수 있다.
하지만 숨이 차서 더 이상 도망갈 수 없다. 뒤쫓던
야경꾼을 향해서 묻는다.
'누구냐!'
" 나다"

달밤에 그런 놀이를 했었지. 내 그림자와 쫓고쫓기고
일정한 속도로 늘 따라오던 그림자. 숨 찰때 까지
그림자와 단 둘이서 놀다가 더이상 뛰지 못하고
땅바닥에 누어 하늘을 보면 달이 떠 있었지!
달빛이 너무 밝아 별들은 보이지 않았지!

( 너 누구냐! )
〈 나다! 〉
그 자리에 쓰러져 하늘을 본다. 달도 별도 없다.

※ samuel Becket 의 'film'을 조금 표절해서 쓴
   내 마지막 동화 ~~~~~.판타리 2019. 10. 29. 아침

누가 그랬다.
마지막이라
는 말을 쓰
지 말라고
마지막인
터뷰를 읽고
지인이 나에
게 한 경고

서울, 파리, 그리고 트로이

　트로이는 목마가 아니더라도 멸망한다.

　그 내부에 시산이 있었기 때문이다.

도시는 사람의 마음보다도 더 빨리 변한다. 서울이 그렇다. 해외여행을 하고
돌아오면 그때의 서울은 없다. 다시는 내가 살던 도시로 돌아올 수 없다.
옛날의 서울 떠나던 때의 그 서울은 없다. 서운한 서울. 망각의 도시.

　가난하던 대학 시절, 영어 '콘사이즈'(일본 산세이도에서 온 영어 사전)를 팔아

　대영 제국의 화려한 단어들을 커피 향기로 바꿔 마시던 그때의 청계천.

　고본 서점들이 늘어서 있던 청계천은 없다. 보들레르의 〈백조Swan〉는

　예언서였던 게다. 나에게 있어 백조는 헌책이고 오스만 시장은

　이명박 시장이고 청계천은 안드로마케가 흘렸던 눈물의 개울이다.

◉ 서울. 파리. 그리고 트로이

트로이는 木馬가
아니더라도 멸망
한다. 그 내부의 시간
이 낮았기 때문이다.

都市는 사람의 마음보다도 더 빨리
변한다. 서울이 그렇다. 해외여행
을 하고 돌아오면 그때의 서울은
없다. 다시는 내가 살던 都市로 돌아
올수 없다. 옛날의 서울 떠나던 때의
그 서울은 없다. 서늘한 서울. 망각의
都市.

2019
11. 3
표

가난하던 대학시절. 영어콘사이즈
(일본어 산세이도에서 나온 영어사전)
를 팔아 대영제국의 화려한 단어 들을
커피 향기로 바꿔 마시던 그때의
청계천. 고본 서점들이 늘어서
있던 청계천은 없다. Baudelaire
의 Swan.은 여기서 였던 게다.
나에게 있어 白鳥는 헌책이고 오스만
市長은 이명박시장이고 청계천은
'난도로 마케가' 흘렀던 눈물의 개울이다.

꿈은 꾸다에서 나온 말

꿈은 미래에 대한 빚이다. 돈도 꾼다고 하기 때문이다. 꿈을 많이 꿀수록 그에
대한 부채도 늘어난다. 죽을 때까지 갚을 수 없는 빚. 꿈은 죽은 뒤에도 남는다.
유언이 그렇지 않은가? 뒤에 오는 사람들이 꿈을 상속한다. 우리는 태어나던
때부터 빚을 갚아야 하는 채무자이다.

달나라로 가는 꿈 때문에 인류는 얼마나 고생을 했는가? NASA는 그 꿈(그
안에는 H. G. 웰스 같은 작가도 있다)을, 빚을 청산하기 위해 만들어진 기구이다.
많은 사람들(과학자들만이 아니라)이 빚잔치를 위해 일생을 바쳤다. 이 땅에서도
할 일이 많은데도. 풀 한 포기 나지 않는 달나라에 가기 위해서 이 땅에 더 큰
사막을 만들어야 했다.

　　　NASA가 아니라 달나라에서 살고 싶은 꿈을 먼저 청산한 사람들은
　　　바로 한국인이다. 양친 부모 모셔다가 천년만년 살겠다고
　　　한 달나라의 초가삼간을 일절 포기하고 APART(ment)를 지어
　　　핵가족을 만들었기 때문이다. 그리고 젊은이들은 삼포에서 N포로,
　　　모든 꿈을 포기했기 때문이다. 이제 후대에 남길 빚은 없다.

# 꿈은 꾸다에서 나온 말

꿈은 미래에 대한 빚이다. 돈도 꾼다고 하기 때문이다. 꿈을 많이 꿀수록 그에 대한 부채도 늘어난다. 죽을 때까지 갚을 수 없는 빚. 꿈은 죽은 뒤에도 남는다.　유언이 그렇지 않는가?

뒤에 오는 사람들이 꿈을 상속한다. 우리는 태어나던 때부터 빚을 갚아야 하는 채무자이다.

달나라로 가는 꿈 때문에 인류는 얼마나 고생을 했는가? NASA는 그 꿈 (그 안에는 H.G. 웰즈 같은 작가도 있다.)을, 빚을 청산하기 위해 만들어진 기구이다. 많은 사람들, (과학자들 만이 아니라,) 이 빚잔치를 위해 일생을 바쳤다. 여망에서도 할 일이 많은데도. 풀 한 포기 나지 않는 달나라에 가기 위해서 이 땅에 더 큰 사막을 만들기도 했다.

NASA가 아니라 달나라에서 살고 싶은 꿈을 먼저 청산한 사람들은 바로 한국인이다. 양친 부모 모셔다가 천년만년 살겠다고 한 달나라의 초가삼간은 일찍 포기하고 APART (메가트)를 지어 핵가족을 만들었기 때문이다. 그리고 젊은이들은 삼포에서 N포로 모든 꿈을 포기 했기 때문이다. 이제 후대에 남길 빚도 없다.

200자 원고지에 글을 쓰던 시절 나는 행복했다.

글이 써지지 않으면 원고지를 찢을 수 있었기에

박박 찢고 꼬깃꼬깃 구겨서 쓰레기통도 아닌 방바닥에 던진다.

종이는 만만하다. 종처럼 유순하다. 찢고 구기고 던져도 상처를 내지 않는다.

종이 말고 내 마음 내키는 대로 구길 수 있는 게

아무리 생각해도 없다. 하찮은 실도 쉽게 끊을 수 없고

그 흔한 비닐도 아무리 손톱을 세워도 찢을 수 없다.

글이 써지지 않는 밤. 나는 어둠을 찢고 별들까지도 구길 수 있었다.

그게 죽음의 그림자라 해도 나는 쓰다 만 원고지를 찢듯이 찢을 수 있었다.

채우지 못한 200자의 빈칸들을 일시에 날려버릴 수 있었다.

컴퓨터의 액정판에 찍힌 내 글들은 아무리 딜리트delete 키를 두드려도

찢어지지도 구겨지지도 않는다.

200자 원고지에 글을 쓰던 시절
나는 幸福했다
글이 써지지 않으면 원고지를 찢을 수 있었기에
박박 찢고 꾸기꾸기 구겨서 쓰레기통도 아닌
맹맹 바닥에 던진다. 종이는 만만하다.

종처럼 유순하다. 찢고 구기고 던져도 상처를
내지 않는다.

종이말고 내마음 버리느라도 구길수 있는게
아무리 생각해도 없다. 차라리 실도. 쉽게
끊을수 있고 그흔한 비닐도 아무리 손톱을
세워도 찢을 수 있다.

글이 씌여지지 않는밤. 나는 어둠을 찢고.
별들 까지도 꽉 구길수 있었다. 그게 죽음의
그림자라 해도 나는 쓰다만 원고지를 찢듯이
찢을수 있다. 채우지 못한 200자의 빈칸
들을 일시에 눌러 버릴수 있다.

컴퓨터의 액정판이 찍힌 내 글들은 아무리
딜릿 키를 두드려도 깨어지지도 구겨지지도 않는다.

2019.11.3.

나는 지금 달을 보고 있는 것이 아니라

어둠을 보고 있는 것이다. 어둠의 바탕이 있어야 하얀 달이 뜬다.

나는 지금 책을 읽고 있는 것이 아니라

하얀 종이를 보고 있는 것이다. 흰 바탕이 있어야 검은 글씨가 돋아난다.

달을 보려면 어둠의 바탕이 있어야 하는 것처럼

책을 읽으려면 백지의 흰 바탕이 있어야 한다.

글을 쓰고 책을 읽으려면 밤하늘과 정반대의

바탕이 있어야 한다. 검은 별들이 반짝일 때 밤하늘의 하얀 별들이 성좌를

그린다.

지금까지 나는 그 바탕을 보지 않고 하늘의 달을 보고

종이 위의 글씨를 읽었다. 책과 하늘이 정반대라는 것도 몰랐고,

문자와 별이 거꾸로 적혀 있다는 것도 몰랐다.

지금까지 나는 의미만을 찾아다녔다. 아무 의미도 없는 의미의 바탕을 보지

못했다. 겨우겨우 죽음을 앞에 두고서야 의미 없는 생명의 바탕을 보게 된다.

달과 별들이 사라지는 것과 문자와 그림들이 소멸하는 것을 이제야 본다. 의미의

거미줄에서 벗어난다.

    하얀 하늘에 뜬 검은 별들

    글씨 마음씨 솜씨

나는 지금 달을 보고 있는 것이 아니라
어둠을 보고 있는 것이다. 어둠의 바탕이
있어야 하얀 달이 뜬다

나는 지금 책을 읽고 있는 것이 아니라
하얀 종이를 보고 있는 것이다. 흰 바탕이
있어야 검은 글씨가 돋아 난다.

달을 보려면 어둠의 바탕이 있어야
하는 것처럼 책을 읽으려면 백지의
흰 바탕이 있어야 한다. 글을 쓰고 책을
읽으려면 하늘과 정반대의 바탕이 있어
야 한다 밤 검은 별들이 반짝일 때 밤
하늘의 별들이 하얀 별들이 성좌를 그린다.

2019. 11. 6

글씨
마음씨
솜씨

지금까지 나는 그 바탕을 보지 않고. 하늘의
달을 보고 종이 위의 글씨를 읽었다. 책과
하늘이 정반대라는 것도 몰랐고. 문자와 별이
거꾸로 찍혀 있다는 것도 몰랐다.

지금까지 나는 意味만을 찾아 다녔다.
아무 의미도 없는 의미의 바탕을 보지 못했다.
겨우 겨우 죽음을 알게 되고서야 의미없는
낱말의 바탕을 보게 된다. 달과 별들이
사라지는 것과 문자와 그림들이 소멸하는것
을 이제서야 본다 의미의 거미줄에서 벗어난다.

카메라맨이 말했다.

사진을 찍기 전에 렌즈를 닦아라.

시인이 말했다.

글을 짓기 전에 마음을 씻어라.

하나님이 말씀하셨다.

비가 멈추어야 무지개가 뜬다.

렌즈를 닦는 일도 마음을 씻는 일도 멈춘다.

죽음은 무지개인가 보다.

　　무지개는 물지개, 물의 문이라는 뜻이다.

　　하늘로 들어가는 문, 찬란한 오색 무지개

　　일곱 색 무지개이다.

　　그런 문이 있으면 좋겠다.

카메라맨이 말했다.
사진을 찍기 전에 렌즈를 닦아라

詩人이 말했다.
글을 적기 전에 마음을 씻어라.

하나님이 말씀하셨다
비가 멈추어야 무지개가 뜬다
렌즈를 닦는 일도 마음을 씻는 일도 멈춤다.

죽음은 무지개인가 보다

무지개는 물 지개 물의 몸이라는 뜻이다
라듬로 돌아가는 몸 찬란한 이별 무지개
나 죽음 적 무지개이다.
그런 몸이 있으면
좋겠다.

2019. 11. 6
새벽. 4시.

창조의 기하학, 생명학

경험은 점쏫이다. 점과 점을 이어야

비로소 지식은 창조로 변한다.

점을 연결하라. 선이 될 것이다. 멈추면 선분이 된다.

끝없이 선을 움직여 원방각圓方角(○□△)을 만들어라.

선의 질주가 끝나면 모든 것이 원점으로 돌아간다.

기하학은 이집트에서 생겨났다고 한다. 나일강이 범람하여 토지의 경계선이

사라진다. 홍수가 끝난 뒤 그 경계선을 복원하고 다시 구획을 만들어내기 위해서

기하학이 필요했다. 땅을 재는 것, 측량학. 기하학의 기하幾何는 무릇 기하뇨!

알파벳과 한자의 거리를 재는 또 하나의 기하학이 필요할 것이다.

홍수를 막는 것은 둑이 아니라 댐이 아니라 기하학이다. Geometry.

## 창조의 기하학, 생명물

점 점은 뜻이다. 点 과 点을 이어야
비로소 지식은 創造로 변한다

점을 연결하라. 선이 될 것이다. 멈추면
線 슴이 된다.
끝없이 선을 ~~축하여~~ <sup>지켜</sup> 원 방 각을 만들어라
선의 질주가 끝나면 모든것이 원 점으로
돌아간다.

기하학은 이집트에서 생겨났다고 한다.
나일江이 범람하여 토지의 경계선이
사라진다. 홍수가 끝난뒤 그 경계선
을 복원하고 다시 구획을 만들어 내기 위해서
기하학이 필요 했다. 땅을 재는 것. 측량학
기하학의 기하는 무엇 기하뇨!
압뢰벗과 한자의 거리를 재는 또 하나의
기하 학이 될 것이다.

홍수를 막는것은 둑이 아니라 댐이 아니라
幾何學이다. Geometry.

뱅크시Banksy처럼

낙서가 너무 깨끗하다.

아무래도 나는 범생인가 보다.

　　자를 대고 책장을 찢는 〈죽은 시인의 사회〉의 그 범생처럼

흰 종이에 접먹었니.

아무렇게나 써.

뒷간 벽이라고 생각하고 그냥 써봐.

　　날짜도 적지 마!!!

Banksy 처럼

落書가 너무 깨끗하다면 먹어 없이는

아무래도 나는 범생인가

보다. ※자율대로 책장을 찟는 "Dead poet society"
영화 의 그 범생처럼

흰 종이 게 겁 먹었니.

아무렇게나 써.

헛간 벽이라고 생각하고

그냥 써 봐.

남겨 두 긁리마!!!

지우개 달린 연필

저에게 가장 말랑말랑한 지우개를 주세요.

지우고 쓰고 지우고 쓰고 쓰고 지우고 쓰고 지우고

지우개가 닳아 없어질 때까지.

다만 마지막에 남는 한마디 말만 남게 하소서.

(나는 아직도 기도하는 법을 모른다.)

　　　하소서인지 하서소인지 맞춤법을 몰라서

어떤 지우개로도 지울 수 없는 한마디 말을 위하여 저에게

세상에서 가장 뭉클한 지우개를 주소서. 그리고 세상에서

가장 향기로운 연필 한 자루를 깎을 수 있는 칼 하나도 함께 주소서.

심장을 찌를 수 있는 칼 한 자루도 주소서.

　　　벌써 11월 6일이구나!

지우개 답친 엽편.

저에게 가장 말랑말랑한 지우개를
주세요.
지우고 쓰고 지우고 쓰고 쓰고지우고 쓰고지우고
지우개가 닳아 없어질 때까지.
다만 마지막에 남는 한마디 말만 남게
하소서. 하소서. (나는 아직 도 기도하는 법을
모른다.) 하소서 인지 하소서 인지 맞춤법을 몰라서

어떤 지우개를도 지울수 없는
한마디 말을 위하여 저에게
세상에서 가장 물큰한 지우개
를 주소서. 그리고 세상에서
가장 향기로운 연필 한 자루를
깎을 수 있는 칼 하나도 함께
주소서. 심장을 지를수 있는
칼 한 자루도 주소서.

2019. 11. 6.
벌써11월6일쿤나!

주목注目이란 말은 알아도 유목游目이란 말은 잘 모른다.
주목은 한 곳만 주의 깊게 바라보는 것이고 유목은
일정한 초점 없이 사방을 두리번거리는 시선이다.
윤선도는 강촌 온갖 꽃이 먼 빛에 더욱 좋다고 말한다.
주목은 대상에 밀착하려고 다가선다.
유목은 대상에서 멀어지면서 떨어진다.
노자를 만난 공자가 그를 용이라고 칭하면서, 노자가 어느 곳을 바라보고
있는지 알 수 없었다고 말했다고 한다(물론 이것은 후세 사람들이 모두 꾸며낸
이야기일 것이다). 노자의 시선이 바로 유목이었던 게다. 공자는 세상만사에
주목을 하고(주자학에 이르면 더욱더 심해진다) 노자는 자연의 모든 것을 물끄러미
바라본다.
금붕어(어항 속)를 보여주고 그것을 그림으로 재현하도록 하면 한국(아시아)
학생은 금붕어만이 아니라 어항 속에 들어 있는 수초나 돌과 같은 것도 그린다.
그러나 서양 학생들은 금붕어만을 그것도 자신이 관심을 둔 금붕어만
집중적으로 그린다고 한다. 주목과 유목. 그 두 시선의 차이에서 동서 문명이
갈라졌다고 해도 틀린 말이 아니다.

注目이란 말은 알아도 遊目이란 말은 잘 모른다. 주목은 한곳만 주의 깊게 바라보는 것이고 유목은 일정한 촛점 없이 사방을 두리번거리는 시선이다.

윤선도의 江村은 갓꽃이 먼빛기 더욱좋다 라고 말한다. 주목은 대상에 밀착하려고 다가선다. 유목은 대상에서 멀어지면서 떨어진다.

孔子를 만난 老子가 (물론 이것은 후세 사람들이 모두 꾸며낸 이야기일 것이다) 나는 용을 보았다고 말하면서 노자가 어느곳을 바라보고 있는지 몰랐다고 한다. 노자의 시선은 바로 遊目이 있던게다.

공자는 세상 만사에 주목을 하고 (朱子들에 이르면 더욱더 심해진다) 老子는 자연의 모든것을 불끄러미 바라본다. 금붕어 (어항속)을 보여주고 그것을 그림으로 재현하도록 하면 한국학생 (아시아) 은 금붕어만이 아니라 어항속에 들어있는 수초나 돌과 같은것을 그린다.

그러나 서양학생들은 금붕어만을 그것도 자신이 관심을둔 금붕어만 집중력으로 그린다고 한다.

주목과 유목. 그 두 시선의 차이에서 東西文明이 갈라졌다고 해도 틀린 말이 아니다.

2019 11.10

내가 노숙자인 까닭

아침에 눈을 뜨면

그 위에 천장이 있다는 것

그것이 하루의 행복이라는 것을

알기 위해서는 노숙자로 살아야 한다.

아침에 눈을 뜨면

곁에 한 사람이 있다는 것

그것이 하루의 보람이라는 것을

알기 위해서는 노숙자로 살아야 한다.

노숙자는 노숙자路宿者가 아니라

노숙자露宿者인 게다.

이슬을 맞으며

잠든 사람.

노숙자의 눈물은 눈물이

아닌 게다.

이슬인 게다.

◉ 내가 노숙자인 까닭

아침에 눈을 뜨면
그 위에 천정이 있다는 것
그것이 하루의 행복이라는 것을
알기 위해서는 노숙자로 살아야한다.


아침에 눈을 뜨면
곁에 한 사람이 있다는 것
그것이 하루의 보람이라는것을
알기위해서는 노숙자로 살아야한다.

노숙자는 路宿者가 아니라
露宿者인 게다.
이슬을 맞으며
잠드는 사람.

노숙자의 눈물은 눈물이
아닌 게다.
이슬인 게다.

2019. 11. 10.

눈과 낙타, 그리고 사랑

일본에는 서양에서 말하는 愛, 'Love'라는 개념이
명치유신의 개화기 때까지 없었다고 한다.
그래서 후타바테이 시메이는 그의 소설 속에서는
그냥 영어 발음 그대로 ラブ(랄브)라고 썼다.
뿐만 아니라 번역 중에 "I Love You"라는 구절이 나오자
"죽어도 좋아"라고 의역했다. 같은 무렵 나쓰메 소세키는
"달이 아름답네요"라고 번역했다고 한다.
Love란 말이 없었던 것이 아니라 직접 대고
말할 수 없었던 것. 특히 남녀 사이의 사랑은 말할 것도 없다.
I의 주체가 있고 You의 대상(객체)이 존재하는 한
사랑이란 것은 존재하지도 탄생하지도 않는다.
사우디아라비아에는 눈이 내리지 않는다. 그래서
눈이라는 말이 없다. 하지만 낙타란 말에는 부위에 따라
제각기 다른 말들이 많다(세분화되어 수십 가지가 있다).
에스키모(이누이트족)인들에게는 눈에 관한 단어가
수십, 수백 가지라고 한다. 하지만 낙타란 말은 없다.
남과 북. 지리적 상황에 따라서 말은 정반대의 현상을 보인다.
그러나 사랑은 남과 북이 없고 여름과 겨울이 따로 없다.
자연과 문화의 차이가 언어에 의해서 뚜렷한 경계선을 만든다.

눈과 낙타, 그리고 사랑

일본에는
서양에서 말하는 '愛' 'Love' 라는 개념이
명치유신의 개화기 때 까지 없었다고 한다.
그래서 二葉亭四迷 는 그의 小說 (1887~8쯤)
속에서는 그냥 영어대로 ラブ(라브)라고 썼다.
뿐만아니라 번역중에 I Love You 라는
구절이 나오자. "죽어도 좋아" 라고 의역했다.
같은 무렵 夏目漱石는 "달이 아름답네요"
라고 말했다고 한다. ㄴ번역했다고 한다

Love 란 말이 없었던 것이 아니라 직접 대고
말할수 없는 것. 특히 남녀사이의 사랑은
말할것도 없다. I 의 주체가 있고 You의
대상=객체가 존재하는 한 사랑이라는 것은
존재하지도 탄생하지도 않는다.

사우디 아라비아에는 눈이 내리지 않는다.
그래서눈이라는 말이 없다. 하지만
낙타란 말에는 부위에 따라 제각기 다른 명칭
이 많다. (세분화되어 수십가지가 있다.)
에스키모 (이누이트족)인들에게는 눈 이라 한
단어가 수십, 수백까지라고 한다. 하지만
낙타란 말은 없다. 남과북. 지리적 상황에
따라서 말은 정반대의 현상을 보인다.

그러나 사랑은 남과 북이 없고 여름과 겨울
이 따로 없다 자연과 문화의 차이가 오히려
에 의해서 뚜렷했던 경계선을 만든다.

2018.11.14

오늘도 기적처럼
숨 쉬는 내 숨 속에
숨어 있는 꽃들이
일제히 핀다.
잠자는 동안에노
숨 쉬는 내 숨 속에
숨어 있는 별들이
일제히 뜬다.
내일에 내 숨이 멎는 날
그 꽃들은 어디로 갈까
그 별들은 어디로 갈까
땅도 하늘도 없다.
- 꽃이여 별이었던 내 영혼에게

오늘도 기적처럼
　　숨 쉬는 내 숨속에
숨어 있는 꽃들이
　　일제히 핀다.

잠자는 동안에도
　　숨 쉬는 내 숨속에
숨어 있는 별들이
　　일제히 뜬다

2019. 11. 15

내일에 내 숨이 멎는날
그 꽃들은 어디로 갈까
그 별들은 어디를 갈까

땅도 하늘도 없다.

— 꽃이며 별이었던 내 영혼에게

스스로 굴러가는 바퀴

니체는 아이를 스스로 굴러가는 바퀴라고 불렀다.

낙타와 사자의 정신에서 아이의 정신으로 인간의 진화.

Last man은 아이다.

예이츠는 인간의 문명이 제2의 아이들 탄생으로 바뀌는 혁명을 꿈꾼다.

어린아이들이 어른들이 만든 세상을 거열車裂하여 새로운 문명을 만드는
이야기.

이미 루소가 가브로슈의 어린아이들 혁명을 보여주었다.

프랑스 혁명의 진정한 리더는 소년이었다.

　　　숲에는 새가 있고 도시에는 아이가 있다.

　　- 《레미제라블》

지금 실리콘밸리를 주도하는 사람은 어른이 아니라 아이다.

10대 아이들의 아이디어이다. 미러월드에서 악마와 윤리와 싸우던 영웅들이
이제는 어른들이 저지른 환경오염, 기상이변과 싸워 인류를 구하는 SF가
등장한다.

아동, 소년들을 통한 세계 혁명, 문명의 미래를 만들고 지배하는 파워가
등장한다.

스스로 굴러가는 바퀴는 자율자동차가 아니라
니체의 아이들, 새로운 생명이었던 것이다.

# 스스로 굴러가는 바퀴

니체는 아이를 스스로굴러가는 바퀴라고 불렀다.
낙타와 사자의 정신에서 아이의 정신으로
인간의 진화 Last men은 아이다.

예수는 인간의 문명을 제이의 아이를 탄생으로
바뀌는 혁명을 꿈꿨다.

어린아이들이 어른들의 잘못세상에 거역하여
새로운 文明을 만드는 이야기
이미 Rousseau가 九파리누시(?)의 어린아이들
혁명을 보여주었다. 프랑스혁명의 진정한
리다는 소년이 있다.

## 숲에는 새가있고 都市에는 아이가있다
레이제라블

지금 심리로멜리를 주도하는 사람은 어른이아니라 10대
아이들의 아이 디어이다. 태극기모양의 로고를 만들고 까칠
권푼리 운동을 하고 있는 '종교'를 믿는 핀란드?의 少年
도 있다. 미러워드에서 악마와 득리와 싸우며 영
웅들의 니체는 어른들의 지지를 환경으로 거식어 변리
싸웨인듀옼쿠하는 S.F 가 등장한다.

아동, 소년들을 통한 세계 혁명, 문명의 미래를
만들고 지배하는 따쉬가 등장한다.
스스로 굴러가는 바퀴는 자동 자동차가 아니라
니체의 아이들, 새로운 술술이 열들 것이다:

나는 박수 소리가 좋다.
그것은 물방울 하나하나가
모여 작은 도랑물로 흐르다
어느 마을 냇가로 흐르다
벌판으로 흐르는 큰 강물.
나는 박수 소리가 좋다.
잠든 영혼을 깨워
내 마음에서 너의 마음으로
너의 마음에서 온 세상
그들의 마음까지 울려.
나는 박수 소리가 좋다.
내 눈을 감을 때 손뼉을 쳐다오.
눈물 대신, 만가 대신 박수를 쳐다오.
내 영혼은 큰 가뭄을 타고
황량한 사막을 적시리라.

나는 박수 소리가 좋다
그것은 물방울 하나니까
무며 작은 또랑물로 흐르다
어느 바다 냇가를 흐른다.
벼랑으로 흐르는 큰 강물

나는 박수 소리가 좋다.
잠든 영혼을 깨워.
내 마음에서 너의 마음으로
너의 마음에서 온 세상
그들의 마음까지 울려.

나는 박수 소리가 좋다
내 눈을 감을 때 손뼉을
쳐다오. 눈물대신, 죽음가 (만)
대신 쳐다오.
└ 박수를

내 영혼은 큰 가뭄을 따라
황량한 마음을 적시리라.

2019. 11. 17

제기 차는 소년

어렸을 적 제기를 만들어 찼다. 제기가 무어냐고 묻는 아이들이 있다.
발로 차는 배드민턴이라고 말하면 웃는다. 대개 경기나 놀이는 손으로 한다.
무엇을 만들 때에도 마찬가지이다. 그래서 손재주라는 말은 있어도 발재주란
말은 들은 적이 별로 없다.
그래서 제기차기는 재미있다. 거꾸로 가는 세상은 아이고 어른이고 흥분시킨다.
그것은 반란이고 혁명이고 반체제이기 때문이다. 물구나무를 서거나 가랑이
사이로 보는 풍경은 그야말로 오스트라네니ostranenie, 낯설게 하기의 일종이다.
일상의 습관에서 반복과 지루한 동어반복으로부터의 탈출이다.
아이들에게 제기차기는 실패를 위한 것이다. 언젠가 제기는 땅에 떨어진다.
아무리 잘 차도 허공으로 날아오른 제기는 추락한다. 제기는 새도 아니고 구름도
아니다. 발로 찰 동안만 살아 있다. 제기의 하얀 술이 높이 올라갈 때,
떨어지는 것을 발로 받아 올려 찰 때 제기는 하얀 날개를 달고 난다.
제기는 엽전으로 만든다. 엽전은 시효를 잃은 돈이다.
돈의 가치를 잃은 엽전의 네모난 구멍은 단지 제기를 만드는 데
필요한 모양을 하고 있다. 돈에서 놀잇감이 된 절묘한 반전.
발의 반란처럼 제기가 된 엽전은 화폐의 반란이다. 나는 지금 제기 차는
아이이다.

　　　이것도 난초가 아니라 제기이다.

# 제기 차는 少年

어렸을 적 제기를 만들어 해 찾다. 제기가 무엇이냐고
묻는 아이들이 있다. 발로 차는 네도 만들이라고 말하면
웃는다. 마루 경기 들 놀이는 손으로 한다. 무엇을 만들때에도
마찬가지이다. 그래서 손재주라는 발을 있기도 발 재주란
~~발은~~ 없다. (들보다시 별로

그래서 제기 차기는 거미 있다. 거리로 가는 세상은 아이고
어른이고 흥분시킨다. 그것은 반란이고 혁명이고 뿐
~~체제~~이기 때문이다. 늙구나무로 서거나 가랭이 사이로
체제
보는 풍경은 그야말로 오스트라네니, 낯설게 차기
의 일종이다. 인상의 습관에서 반복과 지루한
동의 반복으로 부터의 탈출이다.

아이들에게 제기 차기는 실태를 위한 것이다. 언젠가는
제기는 땅에 떨어진다. 아무리 잘 차도 허공으로 날
아오른 제기는 추락한다. 제기는 새도 아니고 구름
도 아니다. 발로 찬 동안만 살아 있다. 제기의
하얀 술이 놀이 올라갈때, 떨어지는 것을 발로 다시
몰려 천 때 제기는 하얀 날개를 떨고 난다.

제기는 엽전으로 만든다. 엽전은 시흘을 잃은 ~~돈~~ 돈이다.
돈의 가치를 잃은 엽전의 네모난 구멍은 단지 제기를
만드는데 핀요한 모양을 하고 있다. 돈에서 본 쇠값
이된 저 무한한 반전. 밭의 반란처럼 제기차 밭
엽전은 화폐의 반란이다. 나는 지금 제기 ~~차~~ 차는
아이 ~~에~~ 다.

밤이 두려운 이유

밤이 두려운 까닭은 검은 눈동자만 있고 얼굴이 없기 때문이다.
숨 쉬는 코도 없는데 가끔 내 창문을 흔들기도 하고 입도 없는데
나의 내장을 씹는다.
귀가 있으면 내가 벽을 보고 이야기하는 소리 듣고 그만하면
물러날 법도 한데 마무가내 날 놓아주지 않는다.
검은 머리카락인가? 밤의 시선은 엉크러져 내 몸을 감는다.
끈끈한 거미줄 같은 밤의 어둠에 갇힌 나비.
조금 있으면 우주만큼 큰 거미가 나에게 다가올 것이다.
그것을 사람들은 죽음이라고도 부르고 잠이라고도 하는데
그 말들은 모두가 뜬소문이다.
밤이 두려운 까닭은 그것이 그저 두렵기만 하기 때문이지
다른 이유가 있는 것은 아니다. 결코 다른 이유가 있어서가 아니다.
　　이것이 밤의 지문이다.

<u>밤이 두려운 理由.</u>

밤이 두려운 까닭은 그게 검은 눈동자만
있고 얼굴이 없기 때문이다.

숨쉬는 코도 없는데 가끔 내 창문을 흔들기도
하고 입도 없는데 나의 내장을 맡는다.

귀가 있으면 내가 벽을 보고 이야기 하는
소리 듣고 그만하면 물러날 것 같은데 한여
벽 무가니 날 놓아주지 않는다.

검은 머리카락인가? 밤의 視線은
그려져 내몸을 감는다. 끈끈한 거미줄 같은
밤의 어둠에 갇힌 나비. 조금있으면
우주만큼 큰 거미가 나에게 다가올 것이다.

그것을 사람들은 죽음이라고도 부르고 잠이라
고도 하는데 그말들은 모두가 뜬 소문이다

밤이 두려운 까닭은 그것이 그저 두렵기만
하기 때문이지 다른 理由가 있는 것은 아
니다. 결코 다른 理由가 있어서가 아니다

이것이 밤의
指紋이다.

2019. 11. 19.

늑대하고는 춤을 출 수 있어도
나무와는 춤출 수 없다.
뿌리 있는 것들은 움직이지 않는다.
천의 눈 나뭇잎으로 볼 수는 있어도
"나는 너에게 갈 수가 없어."
그래도 바람 부는 날에는
춤출 수 있어. 늑대도 무서워
숨는 폭풍이 오는 날
"나는 너와 함께 춤출 수 있어."
    어느 날 나무가 나에게 해준 말

그대하고는 춤을 출수 있어도
나무와는 춤 출수 없다.
뿌리 있는 것들은 움직이지
않는다. 천의는 나무잎에 으
잎어도 본수는 잎어도
"나는 너에게 갈 수 없어"
그래도
하지만 바람부는 날에는 함께
춤 출수 있어. 늑대가 무서워
숨는 폭풍이 부는 날
나는 너와 함께 춤 출수 있어."

*
어느날 나무가 나에게 해준말
2019. 11. 18. 20 아침.

그림이 없었다면
사방의 벽은
벽의 공허는
무엇으로 채우나.
그림이 없었다면
화가의 마음은
마음의 공허는
무엇으로 채우나.
그림은 그리다에서
나온 말인가 본데
그리다는 그리움이기도 하다.
그리움이 없었다면
잃어버린 시간은
시간의 공허는
무엇으로 채우나.
오늘 그 공허로 하여
그림을 그린다.
모든 것들 그리워한다.
그리다는 그림이고 그리움이다.

　　글·그림·그리움

　　긁다·글씨를 쓰다·그림을 그리다

글씨·그림·그리움

글 쓰다, 그림을 그린다.

그림이 없었다면
사방의 벽은
벽의 空虛는
무엇으로 채우나

그림이 없었다면
화가의 마음은
마음의 空虛는
무엇으로 채우나

2019.
12. 1

그림은 그리다에서
나온 말인가 본데
그리다는 그리움이
기도 하다

그리움이 없었다면
잃어버린 시간은
시간의 空虛는
무엇으로 채우나.

오늘 그 空虛를 하여
그림을 그린다
모든 것을 그리워한다.
그리다는 그림이고 그리움
이다

보병은 걸어다니는 병정들이라는 뜻이다. 보병步兵

기병은 말을 타고 다니는 병정들이라는 뜻이다. 기병騎兵

포병은 대포를 쏘는 병정들이라는 뜻이다. 포병砲兵

보병이든 기병이든 포병이든 육상에서 싸우는 병정들이라 육군이라고 부른다.

육군 陸軍

배를 타고 다니는 병정들은 해병海兵이고

하늘을 날아다니는 비행기를 탄 병정들은 공병空兵이다.

이렇게 하늘, 땅, 바나의 공간에 따라서 육陸, 해海, 공군空 세 병정들이 생긴다.

세상은 변한다. 배는 옛날의 배가 아니다.

원자력으로 움직이는 항공모함에는 최첨단 무기를 지닌 공군과 해군이, 그리고 이지스함에는 정보를 다루는 군인이 승선하는 발전을 이뤄왔다.

그러나, 아무리 첨단 무기로 무장된 해군, 공군이라고 해도 전쟁을 마무리 짓는 것은 원시적인 다리로 걷는 보병, 육군의 몫이다. 걸어다니는 땅을 딛고 두 발로 움직이는 사람이 적진에 들어가야 그 싸움은 이기는 것이다.

원시인 그대로 발이 땅에 붙어 있는, 발이 흙과 이어져 있는 사람이 삶의 전쟁을 마무리 짓는다.

보병은 걸어다니는 병정들이라는 뜻이다. 步兵
기병은 말을 타고 다니는 병정들이라는 뜻이다 騎兵
포병은 대포를 쏘는 병정들이라는 뜻이다 砲兵
보병이든 기병이든 포병이든 육상에서 싸우는 병정
들이라 육군이라고 부른다. 陸軍

배를 타고 다니는 병정들은 海兵이고 하늘을 날아
다니는 비행기를 탄 병정들은 空兵이다.
이렇게 하늘, 땅, 바다의 공간에 따라서
陸,海,空軍 세 병정들이 생긴다

세상은 변한다. 배는 옛날의 배가 아니다.
원자력으로 움직이는 항공모함에는 최첨단 무기를
지닌 공군 해군, 그리고 이즈지함처럼 정보를 다루는
군인까지 발전을 해 왔다

그러나, 아무리 첨단 무기로 무장된 해군, 공군이라고
해도 전쟁을 마무리짓는 것은 원시적인 다리로 걷는
보병, 육군의 몫이다. 걸어다니는 땅을 딛고 두 발
로 움직이는 사람이 적진에 들어가야 그 싸움은
이기는 것이다
원시인 그대로 벌의 땅에 발이 있는, 발이 흙으로
이겨져 있는 사람이 삶의 전쟁을 마무리 짓느라

2019. 12. 6

나는 어렸을 때 죽음을 알았고
나는 늙었을 때 생(탄생)을 알았나.
거꾸로 산 것이다.
모래시계
모래가 다 흐르면
뒤집어 놓는다.
새로운 시간이 시작된다.
모래가 다 차면
뒤집어 놓는다.
다시 시간이 계속된다.

나는 어렸을 때 죽음을 알 았고
나는 늙었을때 생(탄생)을 안 았다

거꾸로 산것이다
　　　　　2019. 12. 8

모래시계

모래가 다 흐르면
뒤집어 놓는다
새로운시간이 시
작된다. 모래가
다 차면 뒤집어
놓는다. 다시 시
간이 계속된다

검은 잉크보다 파란 잉크가 더 잉크 같다.

파란 잉크에는 그리움이 있다. 언제인가 기억에는 없지만

연필 글씨에서 최초로 펜을 들고 글씨를 썼던 경이로운 눈빛.

눈빛 속에 묻어 있는 파란색 잉크에는 하늘도 있고

바다도 있고 초록의 나뭇잎도 있다.

파랑 잉크가 다 떨어지면 다시 검은색 카트리지로 바꿔야겠다.

밤이 오면 밤의 색깔, 상복 같은 검정 빛 잉크로 글을 쓰자.

누구는 붉은 피로 글을 쓴다 했지만 거짓말일 것이다.

혈서를 믿지 말아. '피'로는 글을 못 쓴다.

적혈구는 글을 쓰는 동안 검은 혈구 파란 혈구로 변질된다.

검은 잉크보다 파란 잉크가 더 잉크 같다
파란 잉크에는 그리움이 있다. 언제인가
기억에는 없지만 연필 글씨에서 처음으로
펜을 들고 글씨를 썼던 경이로운 눈빛

눈빛속에 묻어있는 파랑색 잉크에는 하늘
도 있고 바다도 있고 초록 록의 나뭇잎도
있다

파랑잉크가 다 떨어지면 다시 검은색
카트리지로 바꿔야겠다.

님이 오면 밤의 색깔, 상복같은 검정빛
잉크로 글을쓴자 누구는 붉은 피로 글을 쓴다
했지만 거짓말일 것이다

현서를 만지 말아 '피'라는 글을 못쓴다.
적 현주는 글을 쓰는 동안 검은피주 파랑
피주로 변질된다

2019. 12. 14.

배달되지 않은 책에 대하여

오늘이 마지막이다, 라고 하면서도 책을 주문한다.

읽기 위해서가 아니다. 그런 힘도 이제 남아 있지 않다.

몇 구절 서평 속에 나와 있는 것이 궁금해서, 호기심을

참지 못해서다.

내가 마지막 주문할 책은 과연 어떤 것일까?

무엇이 또 알고 싶고 궁금한 것이 있어 또 책을 주문한 걸까.

아마 그 책이 배달되기 전에 나는 더 이상 이 세상에

없을지도 모른다.

그것이 내 마지막 우물 파기가 될 것이다.

죽음이라는 낱말 말고 다른 궁금한 밀이 남아 있었는가?

배달된 책보다 먼저 떠난다면 내가 호기심으로 찾던

그 말들은 닫힌 책갈피 속에 남을 것이다.

열지 않은 책 속에 책갈피 속에, 읽지 않은 몇 마디 말,

몇 줄의 글⋯ 그게 무엇인지 알고 싶다.

이미 배달되었는데 읽지 않는 말들도 있지 않은가?

잊힌 책, 버린 책, 서고에서 영원히 잠든 책들.

나보다 먼저 죽은 책들도 있고 나보다 뒤에 죽는 책들도 있다.

배달되지 않은 책 표지가 무슨 색인지 알고 싶다.

배달되지 않은 책에 대하여

오늘이 마지막이다 라고 하면서도 책을 주문한다
읽기 위해서가 아니다. 그럴힘도 이제 남아 있지않다.
몇구절 서평속에 나와있는 것이 궁금해서 호기심을
못 참지 못해서다

내가 마지막 주문할 책은 라면 어떤 것일까? 무엇이
또 알고싶고 궁금한 것이 있어 또 책을 주문한걸가
아마 그 책이 배달되기 전에 나는 더 이상 이
세상에 없을지도 모른다.

그것이 내 마지막 우물 타기가 될 것이다. 죽음이라는
낱말 말고 무엇이 궁금한 말이 남아 있었는가?
배달된 책을 보다 먼저 떠난다면 내가 호기심으
로 찾던 그 낱들쪽은 덮쳐진 책갈피속에 그냥
있을 것이다

펼치않은 책속에 책갈피속에, 읽지않은 몇
마디 말, 1면 끝의 글 ‥ 그게 무엇인지 알고
싶다

이미 배달되었는데 읽지않는 말들도 있지않은
가 잊혀진 책, 버린책 서고에서 영원히 잠든
책들. 나보다 먼저 죽은책들도 있고 나보다 뒤
에 죽는 책들도 있다

배달되지 않은 책 조차가 무슨 책인지 알고싶다
                              2019. 12. 14

글씨가 점점 작아지는 이유를 모르겠다.

글씨가 저마다 춤을 추듯 삐뚤어지는 이유를 모르겠다.

흰 종이를 해방시키고 싶다.

선線에는 속도가 있다. 점點에는 멈춤이 있다.

선과 선 사이에는 단절이 있고 점과 점 사이에는

이어짐의 공백이 있다.

선에는 직선과 곡선이 있다. 점에는 큰 것과 작은 것이 있다.

점을 확대시키면 점은 사라진다. 점을 축소하면 쿼크가 되어 사라진다.

점이 모이면 선이 된다고 믿었던 때가 있었다.

하지만 아무리 점을 촘촘히 찍어도 점은 절대로 선이 될 수 없다.

점은 디지털이고 선은 아날로그이기 때문이다. 물레로 실을 뽑는 것은 연속체인
아날로그이고, 그것으로 짤끄닥 짤끄닥 베틀을 돌려 씨줄 날줄에 북을 오가며
천을 짜는 베틀은 디지털이다. 아날로그와 디지털의 영원한 평행선을 하나로
융합하려는 최대의 도전, 그것이 디지로그이다.

글씨가 점점 작아지는 이유를
모르겠다
글씨가 저마다 춤을 추듯 삐뚤어지는
이유를 모르겠다.
흰 종이를 해방시키고 싶다

2019 12 18


線에는 속도가 있다 點에는 멈춤이 있다.
선과 선 사이에는 단절이 있고 點과 點 사이에는
이어짐의 공백이 있다
선에는 직선과 곡선이 있다. 점에는 큰 것
과 작은 것이 있다 점을 확대시키면
점은 사라진다 점은 축소하면 점크가 되어
사라진다.


點이 모이면 線이 된다고 믿었던 때가 있었다
하지만 아무리 點을 촘촘히 찍어도 점은 절대로
선이 될수없다. 점은 디지털이고 선은 아날로그
이기 때문이다. 물레로 실을 뽑는 것은 연속체인
아날로그이고 그것을 짧고짧은 베를 들어
씨줄날줄을 엮는 것은 점는 베틀은
디지 점이다. 아날로그와 디지털의 영원한
평행선을 하나로 융합하려는 최대의 도전
그것이 디지로그이다

암시暗示라는 말은 알아도

명시明示라는 말은 모르고

주목注目이라는 말은 알아도

유목游目이라는 말은 모른다.

한자로 된 것. 한문은

늘 두 자로 짝을 맞춰

모든 말이 어깨동무를 하고 있어

지명도 인명도

거의 다 두 자

원산, 부산, 인천, 대구

항구 이름도 산 이름도 모두 두 자다.

일본은 두 자 사용을 법으로 규정해

성姓까지도 두 글씨라

완전한 사자四字 숙어 속에서 산다.

짝꿍 문화에서 벗어나기 위해서

진달래 개나리 아리랑 나그네…

세 자 글을 찾는다.

　　내가 한자, 한문보다 한글과 우리나라 말을 더 사랑하는 이유.

　　한자가 있어 한글은 더욱 빛이 나고 사고의 때를 벗겨내는

　　비누를 가질 수 있다.

　　+와 ×는 단지 두 선이 교차하는 각도의 차이에 의해서 뜻이 달라진다.

　　사선과 직선의 교차. 직선으로 사는 사람이 사선으로 사는 사람보다

　　항상 +의 생을 산다.

晤未라는 暗은 알아도
明未라는 말은 모르고
注目이라는 말은 알아도
漱目이라는 말은 모른다.

游
"
遊

한자로 된 것. 漢文은
늘 두자를 짝을 맞춰
모든 말이 어깨 동무를
하고 있어 地名도
人名도 거의다 二文字
元山에 釜山 仁川에서
大邱 한국 이름도 산
이름도 모두 두자다.

日本은 法으로 二文字
姓까지도 두글씨라
완전한 四字 숙어속에
서 산다
짝꿍 文化에서 벗어나기
위해서 진달래 개나리
아리랑 나그네..세자
三字 한글을 찾는다.
2019. 12. 24

내가 한자.
한문보다
한글 우
리 나라말
을 더 사랑
하는 理由

漢字가 있어
한글은 더욱
빛이나고
思考의때
를 벗겨서
늘 비누를
가질수있다

2019. 12. 24

十 와 X 는
단지 두선이
교차하는 각도
의 차이에 의
해서 뜻이
달라진다
사선과 직선
의 交差。
직선으로 사는
사람이 사선
으로 사는사
람보다 항
상 十와 X를
산다.

종이비행기

종이에 글을 쓰려면 엎드려야 한다.

먹물이나 잉크는 기본적으로 물이다.

액체다. 물은 위에서 아래로 흐른다.

액체가 아닌 연필이라 해도 누워서

글을 쓰기는 힘들다.

책상은 네 발 날씬 짐승처럼 땅바닥을 딛고 엎드려 있다.

그러나 종이는 가볍다. 언제나 바람에 날아갈 준비가 되어 있다.

조그만 입김에도 흔들리고 흩어진다. 새의 날개, 깃털에 가깝다.

문진은 날아오르려고 하는 날개를 중력의 힘을 빌려 억지로 누른다.

글씨들은 종이를 억압하고 꼼짝 못 하게 못질을 한다.

글씨를 모르는 아이들이 종이를 해방시킨다.

종이를 접어 종이비행기를 날리는 까닭이다.

나무도 미처 꿈꾸지 못한 비행이 시작하면

땅에 엎드려 있던 날들을 망각한다. 아주 잠시 동안.

종이 비행기.

종이에 글을 쓰려면 엎드려야 한다.
먹물이나 잉크는 기본적으로 물이다.
액체다. 물은 위에서 아래로 흐른다.
액체가 아닌 연필이라 해도 누워서
글을 쓰기는 힘들다.

책상은 네발 달린 짐승처럼 땅바닥을
딛고 엎드려 있다. 그러나 종이는 가볍다.
언제나 바람에 날아갈 준비가 되어 있다.
조그만 입김에도 흔들리고 들어지고
새의 날개  깃털에 가깝다. 금진 날아
오르려고 하는 날개를 중력의 힘을 빌어
억지로 누른다. 글씨들은 종이를 억압하고
꼼짝 못하게 몸집을 한다.

글씨를 모르는 아이들이 종이를 해방시킨다.
종이를 접어 종이 비행기를 접어서 날리는
까닭이다. 나무도 미쳐 꿈꾸지 못한 비
행이 시작하면 더 이상 땅에 엎드려
있던 날들을 망각한다 아주 잠시 동안.

2019. 12. 31

*2020*

돌멩이 이야기

역사는 승자가 쓴 것이라 하더라. 그럼 패자가 쓴 역사는 무엇인가?
그것은 쓰인 적 없는, 한 번도 세상에 알려지지 않은 이야기다.
돌멩이처럼 길가에 박혀 침묵하는 이야기를 막대기로 파내는 것.
입을 열게 하고 눈을 뜨게 해 뒹굴고 달음박질쳐 길로 내닫는
그런 돌멩이들의 이야기, 막이야기 막사발 막국수 막김치 막말 막춤
막생각을 캐내는 것.
채집민들은 열매를 따 먹고 풀뿌리를 캐 먹고 사냥꾼들은 토끼를 잡아먹고.
그 가운데 때로는 눈물을 땀을 피를 흘려야 하는 까닭을 찾아 이야기를
꾸며야 하는데… 여전히 패자들의 이야기는, 돌멩이들은 입을 다물고 있다.

역사는 勝者가 쓴 것이라 하는데
그럼 敗者가 쓴 역사는 무엇인가?
그것은 쓰여져 있지 않는 하면은
세상에 알려져 있지 않는 이야기다.

돌멩이처럼 길가에 맺혀 침묵하는
이야기를 막대기를 따내는것.
아픔 열게 하고 눈을 뜨게 하고
덩굴고 달콤멱잘을 실로 내 담는

그런 돌멩이들의 이야기, 막 이야기
막 사발 막국수 막 김치 막 막
막 춤 막 성격을 해 버는것.

한국인 이야기
책이 나왔다.
탄생편
한국역사에
없는 이야기을
쓰려던 내
목적은 거기
이유를 찾아
볼수가 없다
부끄런 흔책
오류투성이

채집민들은 열매를 따 먹고
풀뿌리를 캐먹고
사냥꾼들은 토끼를 잡아먹고

먹는 이야기들이 대포는 눈물을
닦을 되를 흘려야하는 까닭을
찾아 이야기를 적며야 하는데.
여전히 태자들의 이야기을 돌멩이들은
입을 다물고 있다.

목숨

아직은 말할 수 있어

쉰 목소리로

꽃을 꽃이라 부를 수 있고

펜을 펜이라 부를 수 있다.

어느 날 영영 소리 낼 수 없을 때

꽃은 더 멀어질지 가까워질지

펜은 내 손에서 잡혀 있을지 떨어져 있을지

알 수 없다.

목을 더듬는다. 소리는 없어도

목청은 사라졌어도 숨은 쉴 수 있어.

목 속에 숨이 목숨으로 있을 때.

세상은 멀리 있는지 더 가까이 있을지

알 수 없다.

죽음을 알 수 없는 것과 같다.

지금까지 모든 것을 알고 있었는데

국어 시험 치듯. 다 풀 수 있었는데…

목숨

아직은 말할 수 있어
쉰 목소리로
꽃을 꽃이라 부를 수 있고
펜을 펜이라 부를 수 있다

어느날 영영 소리 낼 수 없을때
꽃은 더 멀어질지 가까워 질지
펜은 내 손에서 잡혀 있을지 떨어
져 있을지
알 수 없다.

목을 더듬는다. 소리는 없어도
목청은 사라졌어도 숨은 쉴 수
있어. 목속에 숨이 목숨으를
있을때.
세상은 멀리 있는지 더 가까이
있을지 」을
알 수 없다.

죽음은 알 수 없는 것라 같다.
지금까지 모든것을 쓸 수 있었
는데 국어시험 치듯. 다 쓸 수
있었는데 ....

2019. 1. 11.

늙은이가 젊은이에게 해줄 수 있는 단 한마디.

MEMENTO MORI. 죽음을 생각하라는 말이다.

늙어서 죽음을 알게 되면 비극이지만 젊어서 그것을 알면 축복인 게다.

임산부는 그 뱃속에 하나의 생명과 죽음을 잉태하고 있다는 릴케의 말은

잘못된 것이다. 태어나기 전 아이는 영원히 죽지 않는 수억 년의 생명인 것이다.

그리스 말로 Zoe이다.

하지만 탄생하는 순간 비오Bio의 개별적인 생명은 죽음과 등을 대고 있는

쌍둥이가 된다.

생이 자라면 죽음도 자란다. 생이 죽으면 죽음도 죽는다. 죽음이란 죽음의

죽음. 조에의 영원한 생명의 자궁으로 돌아간다. 그리스 말로 무덤과 자궁은

동의어이다(tombos. 불룩한 것, 애를 밴 것과 어원이 같다).

늙은이가 젊은이께 줄 수 있는 단 한마디
MEMENTO MORI 죽음을 생각하라는
말이다 늙어서 죽음을 알게 되면 비극이
지만 젊어서 그것을 알면 축복인 게다.

임산부는 그 뱃속에 하나의 生命과
죽음을 잉태하고 있다는 릴케의 말은
잘못된 것이다.  태어나기 전 아이는
영원히 죽지 않는 수억년의 생명인
것이다. 그리스 말로 ZOE 이다.
하지만 탄생하는 순간 비오(Bio)
의 개별적인 생명 죽음과 등을 대고
있는 쌍둥이 인 게다.
생이 자라면 죽음도 자란다. 생이 죽으
면 죽음도 죽는다. 죽음이란 죽음의 죽음
조에의 영원한 생명의 子宮으로 돌
아간다. 그리스 말 로 ~~죽음과 란~~ 무덤과
자궁은 동의어이다.(tombos-불룩한 것
애를 밴 것과 어원이 같다 )
                    2020. 1. 27.

동사 연습

새는 울고 개는 짖고

바람은 불고 물결은 치고

바퀴는 돌고 바위는 구르고

새는 날고 개는 뛰고

바람은 자고 물결은 자고

바퀴는 빠지고 바위는 부서지고

사람은 살고 사람은 사랑하고

제가끔 하나의 자동사와 타동사를

갖고 있지만 마음은 마음대로 움직인다

마음은 울고 마음은 짖고 마음은 불고

마음은 돌고 마음은 구르고

마음은 날고 마음은 자고

마음은 빠지고 마음은 부서지고

마음은 살고 마음은 사랑하고

동사(용언)로 줄이면 호메로스의 《일리아스》는 '화풀이'. 분노를 풀다.
우리말로 '풀다', 두 자면 된다. 전리품의 분배로 화를 내어
전쟁에 나서지 않은 아킬레우스가 분풀이로 다시 전쟁터에
나가는 것으로 이야기는 시작되어 끝난다. 그리고 《오딧세이아》는
'돌아가다'라는 동사 하나면 된다.

동사 연습

새는 울고 개는 짖고
바람은 불고 물결은 치고
바퀴는 돌고 바위는 구르고

새는 날고 개는 먹고
바람은 자고 물결은 잔잔하고 자고
바퀴는 빠지고 바위는 부서지고

사람은 살고 사람은 사랑하고

제가끔 하나의 자동사와 타동사를
갖고 있지만 마음은 마음대로 흐른다

마음은 울고 마음은 젖고 마음은 불고
마음은 돌고 마음은 구르고
마음은 날고 마음은 잔잔하고 자고
마음은 빠지고 마음은 부서지고

마음은 살고 마음은 사랑하고

2020. 2. 11.

동사 (움직씨)를 줄이면 히읗소리
읽지 않는 'ㅎ돌이' 가 움소리를 듣다.
추리 '말'을 듣다 두자 면 된다. 전리품
의 눈매를 가을볕에 전장터에 나지 않다
아원레스가. 남북이로 다시 전장터에
나가는것을 가 아가기 그 서죽이기 가끝났다. 그리고
그 되에 이는 '돌아가다'가 동사 되나면 된다

평등은 누구도 실현할 수 없었다. 패자들.
정치 권력자들이 만들지 못한 평등.
경제학자들이 실현하지 못한 평등.
종교가들이 구제하지 못한 평등.
아무도 하지 못한 평등을 유일하게 성공시킨 것은
한 사람 한 사람의 외로움이었다.
누구나 외롭다. 혼자다. 천만 명 몇억의 사람이 모여도
고독 앞에서는 다 같이 평등하다.
외로운 개인만이 남의 평등을 인정한다.
당신도 나처럼 혼자인 것을 안다.
평등한 슬픔이 외로움이 내가 당신에게
당신이 나에게 걸어오는 이유다.
권력자도 경제인도 종교가도 이루지 못한 평등
나와 당신이 한다. 그것도 정말
외로운 한밤중 아무도 볼 수 없는 한밤중에.

평등은 누구도 실현 할수없었다. 敗者者들.
政治 權力者들이 만들지 못한 平等
경제학자들이 실현 하지못한 平等
종교가 들이 구제하지 못한 平等

아무도 하지못한 평등을 유일하게
성공시킨 것은
한사람 한사람의 외로움이 였다.
누구나 외롭다. 혼자다. 천만명
몇억의 사람이 모여도 고독앞에서는 다들
이 平等하다.

외로운개인만이 남의 평등을 인정했다.
당신도 나처럼 혼자인것을 안다.
平等한 슬픔이 외로움이 내가 당신에게
당신이나에게 걸어오는 이유다.

권력자도 경제인도 종교가도 이룩지 못한
平等 나와 당신이 한다. 그것도 정말
외로운 한밤중 아무도 볼수없는 한밤중에
                2020. 3. 1

이 세상에서 가장 무익한 철교의 교각 하나가

신화를 만들어낸 이유

인공위성을 처음 기획했을 때 그 반대자들은 무용성을 창으로 삼았다.
위성을 만들어 발사하는 데 소비되는 국비를 가난한 사람들,
굶주리는 사람에게 사용하면 몇십만 명을 구제할 수 있다는 계산이다.
이 무익한 로켓을 허공에 쏘는 불꽃놀이만도 못한 일을 과연 나라가
과학자가 정치가가 해야 하나? 케네디의 답변은 무엇이었을까?
에펠탑을 파리 한복판에 세우려 할 때 그 반대자 역시 그 무용성에 대하여
공격의 화살을 쏘았다. 에펠은 미래의 유용성에 대해 그 사례를 일일이
예거했다. "기체 역학의 측정과 건축 재료의 강도에 관한 연구, 높은 곳에
올라갔을 때의 생리 현상 연구, 전파 조사 전기 통신에 관한 여러 문제,
기상 관측 등등"이다.
이를테면 인공위성의 유용성에 대해 '운석 효과', 즉 그 자체는 유용하지
않더라도 그에 따른 부수적인 이익이 있다는 논리였다.
인간이 만든 것에는 모두 의미가 있다. 하지만 의미 없는 것을 만든다는 그
자체가 엄청난 의미를 갖는다는 것을 인공위성과 에펠탑이 보여주었다.
어린아이를 낳는다. 그 유용성은 무엇인가? 에펠의 옹색한 변명처럼 수십 수천
가지 이유를 들 것이다. 하지만 우리가 아이를 갖고자 하는 것은 어떤 구체적
의미를 위해서가 아니다. 그러기에 인간은 유용성을 넘어선 엄청난 의미를 갖고
있는 것이다.

> 에펠은 엔지니어이면서도 이 세상에서 가장 무익한 교각 하나를
> 세워보겠다고 했다. 바람에 도전하기 위해서라고 했다. 하나의 가능성.
> 인간의 능력을 시험해 보자고 하는 무익한 도전이었다. 에펠은 그래서
> 시인이 된 것이다. 예술가가 된 것이다.

이 세상에서 가장 무익한 천문의 조각하나가
신화를 만들게 된 이유

인공위성을 처음 기획했을 때 그 반대자들은
무용성을 창으로 삼았다. 위성을 만들어 발
사하는데 소비되는 국비를 가난한 사람들, 굶주
리는 사람에게 사용하면 몇 십만 명을 구제 할수
있다는 계산이다. 이 무익한 로켓을 처음에 쏘아
불꽃놀이만도 못한 일을 라면 나라가 과학자가
정치가가 할 일인가? 케네디의 답변은 무엇이
있을까?

에펠 탑을 파리 한복판에 세우려 할때 그
반대자 역시 그 무용성에 대하여 공격의 화
살을 쏘았다. 에펠은 미래의 有用性에 대해
그 사례를 일일이 여거 했다. "기체역학의 측량
건축 재료의 강도에 관한 연구. 돌은 듯이 올라갔을
때의 생리 현상의 연구, 전파 조사 전기 통신에
관한 여러 문제 기상 관측 등등'이다

이를테면 인공위성의 有用性에 대해 '운석 충돌'
그 자체는 有用하지 않더라도 그의 때를 부수적인
이익이 있다는 논리 였다.

인간이 만든 것에는 모두 의미가 있다. 하지만 의미
없는 것을 만든다는 그 자체가 엄청난 뒤이을 갖는다
는것을 인공위성과 에펠 탑이 보여 주었다.
어린아이를 낳는다 그 有用性은 무엇인가? 에펠의
용색한 변명처럼 수십 수천가지 이유를 들 것이다
하지만 우리가 아이를 낳으려 하는 것은 어떤 구체적
의미를 위해서가 아니다. 그러기에 인간은 유용성을
넘어선 엄청난 뒤이을 갖고 있는것이다  2020. 3. 15

에펠은
인류사에
이명서로
이 세상에
서 가장 무
익한 조각
과나를
세워보려
다고 했다.
바람에도
흔들리지
해버리라고
했다.
쓰나미가
능성. 인
간의 능력을
시험해보
자라하는
무식한 두
저이 있다
이렇은 그
래서 시인
이 된 것이
다. 에술
가가 된
것이다.

민아의 기일
민아야 미안하다.
민아야 미안하다.
민아야 미안하다.
네가 내 곁을 떠난 지 8년
나는 8자와 관계가 많다.
금년이 88, 미수 米壽라고 하지 않니
88올림픽이 생각난다.
그리고 80 20, 네가 세상을
떠나던 해 TV 방송을 하던 것이 그랬다.
8자는 뫼비우스의 띠, 무한 기호,
끝없이 순환하는 고리이다.
영원한 생명, 영생 속으로
민아야, 하늘나라에는 거할 곳이 많다고 했다.
내 아직 살아 있는 것이 미안하다.

　　방혜성이 꽃을 보내 왔다. 내 딸 같다.

# 민아의 忌日

민아야 미안하다.
민아야 미안하다
민아야 미안하다

네가 내 곁을 떠난지 8년
나는 8 자와 관계가 많다
금년이 88 米수라고 까지 않해
88 올림픽이 생각난다.
그리고 80 20, 네가 세상을
떠나던해 TV 방송을 하던
것이 그랬다.
8자는 메비우스의 띠 무한기호
끝없이 순환하는 그림이다.
영원한 生命. 영생속으로
민아야. 하늘나라에는 거친곳이 없다고 했다.

내 아직 살아 있는것이
미안하다

2020. 3. 15.

여해성이
꽃을보내
왔다
내 딸 같다.

목숨

이제 알겠니 돈으로는 달러로는 바이러스를 죽이지 못해.

내 몸 안에 있는 면역체, 나와 나 아닌 것, 그 차이를

알아내는 세포들만이 코로나19 바이러스를 물리칠 수 있어.

어떤 권력자라도 두렵지 않아.

어떤 부귀영화도 부럽지 않아.

어떤 단절 격리도 외롭지 않아.

어떤 욕설 참언도 서럽지 않아.

마스크 한 장이 내 생명을 지켜주는 성벽. 무엇하고도 바꿀 수 없는

생명이 하찮은 필터 한 장 속에 가려 있음을 이제 알겠다.

그렇게 소중한 것을 안 호주머니에 넣어둔 지갑보다 가볍게 여겨왔음을

온 세상 사람들이 일시에 알았지. 텅 빈 광장, 의자만 놓여 있는 극장,

관객 없이 박수치는 유령들이 지배하는 이 거대한 극장에서 문득 생각나는

한마디 말. 내가 살아 있다는 것, 목숨. 바이러스가 인터넷보다 빠르게

가르쳐준 말.

목숨

# 목숨

이제 알겠니 돈으로는 달러($)로는 바이러스
를 죽이지 못해. 내 몸안에 있는 면역체
나와 나 아닌 것을, 그 차이를 알아 내는 세포들
만이 코로나19 virus를 물리 칠 수 있어

어떤 권력자라도 두렵지 않아
어떤 무기 영화도 무렵지 않아
어떤 단절 격리도 외롭지 않아
어떤 폭설 침언도 서럽지 않아

마스크 한장이 내 생명을 지켜주는 성벽
무엇하고도 바꿀수 없는 생명이 하챔은
필터 한장속에 가려 있음을 이제 알겠다.

그렇게 소중한것을 안호주머니에 넣어둔
지갑보다 가볍게 여겨 왔음을
온 세상 사람들이 일시에 알았지. 텅빈
광장. 의자만 놓여 있는 극장
관객 없이 박수치는 유령들이 지배하는
이 거대한 극장에서 문뜩 생각나는
한마디만. 내가 살아 있다는 것
목숨. 바이러스가 인터넷보다 빠르게
가르쳐 준말

　　　　　　목숨　　　　2020. 3 19

서양 사람들은

자신의 얼굴을 숨기려 할 때

아이 마스크를 쓴다.

영화에 나오는 조로처럼

동양 사람들은

자신의 얼굴을 숨기려 할 때

입 마스크를 쓴다.

돌림병이 돌 때 마스크를 쓴 신랑 신부처럼.

아이 마스크도 입 마스크도

모두 벗고 너의 민낯을 보여다오.

가릴 때 비로소 드러나는 인간의 얼굴이

가면으로 진면眞面을 드러낸다.

가면이 진면인 것은 눈을 가릴 때

입을 가릴 때 보인다.

아이 마스크로는 바이러스의 습격을 막지 못한다.

가면무도회로는 바이러스를 내쫓지 못한다.

입을 가려라. 침묵하라. 춤을 멈추라.

기침을 멈추라.

서양 사람들은
자신의 얼굴을 숨기려 할때
눈에 마스크를 쓴다
영화에 나오는 Zoro 처럼

MASK
eye

MASK
mouth

동양 사람들은
자신의 얼굴을 숨기려 할때
입 마스크를 쓴다.
돌림병이 들때 마스크를 쓴 신랑신부처럼


눈이 마스크도 입 마스크도
모두 벗고 너의 민 낯을 보여다오
가릴때 비로소 들어나는 인간의
얼굴이 가면으로 진면(眞面)을
드러낸다

假面이 眞面인 것을 눈을 가릴때
입을 가릴때 보인다.

아이 마스크로는 바이러스의 습격을
막지 못한다 가면무도회로는
바이러스를 내 쫓지 못한다
입을 가려라. 침묵하라. 춤을 멈추라
기침을 멈추라
                    2020. 3. 19.

보고 싶은 사람이 없다.
미치게 보고 싶은 사람이 없다.
사랑이 내 마음속에서
소멸했다는 말이다.
기름이 마른 등잔불처럼
까맣게 탄 심지만 남아서
더는 타오르지 않는다.
타오른다는 말
타면 불꽃도 연기도 올라간다.
상승하는 것이 사랑이다.
미치게 보고 싶은 사람들이 있어
불꽃의 날개가 있었지만
이젠 땅으로 추락하는 중력
모두들 떠난 자리에 내 손바닥 하나
보고 싶은 사람이 없다.

보고 싶은 사람이 있었다.
미치게 보고 싶은 사람이 있었다.
사랑이 내 마음속에서
소멸 했다는 말이다.

기름이 마른 등잔불처럼
까 맣게 탄 심지만 남아서
더는 타오르지 않는다.

타오른다는 말
타면 불꽃도 연기도 올라간다.
노력하는 것이 사랑이다.

미치게 보고 싶은 사람들이 있어
불꽃의 날개가 있었지만
이 젠 땅으로 추락하는 重力

모두들 떠난 자리에 내 손바닥 하나
보고 싶은 사람이 없다.

                              2020. 4. 14

코로나 바이러스 때문에 집 안에 갇혀 지내는 날이 많다.

이런 때 작은 뜰을 가진 사람은 행복하다.

오랜만에 창 바깥의 마당을 관찰한다. 생각보다 많은 새들이 와서 앉았다 간다.

문득 참새 생각이 난다. 옛날 어릴 적 창문을 열면 꼭 참새 서너 마리가 수채

근처에 날아와 물을 마시고 모이를 찾아다닌다.

참새는 화려한 빛깔이 없다. 하지만 채색화보다 때론 수묵화가 훨씬 더 아취가

있고 깊은 맛이 있듯이 참새는 볼수록 아름다운 새다. 사람하고 제일 친해서

새에다 참 자를 붙여 '참새'다. 한국인의 안목이 대단하다.

전쟁 후만 해도 참새구이를 파는 노점이 있었다. 그 작은 몸집, 한입 감도

아닌데. 나도 많이 먹었다. 그 많던 참새들은 어디로 갔나?

보이지 않는 것이 보이는 것보다 더 가깝고 정겨울 때가 있다. 뜰을 관찰하다가

있지도 않은 참새와 만나 즐거웠다.

코로나 바이러스 때문에 집안에 갇혀 지내는
일이 많다. 이럴때 작은 뜰을 가진사람은
행복하다.

오랫동시 창바깥의 마당을 관찰한다. 생각
보다 많은 새들이 와서 앉다간다. 문득
참새 생각이 난다. 옛날 어릴적 창문을
열면 꼭 참새 서너머리가 수채 눈처 씨 앉아
와 물을 마시고 모이를 찾아 다닌다.

참새는 화려하기 빛깔이 없다. 하지만 해색 화
보다 때를 수묵화가 훨씬더 인취가 있고 길을
멋이 있듯시 참새는 볼수록 아름다운새다.
사람하고 제일 친해서 새에다 참 자를
붙혀 '참새'다. 한국인의 안목이 대단하다.

전쟁후 쌀때도 참새구이를 파는 가게(?) 노점 가
있었다. 그 작은 몸집, 한입감도 아닌데. 나도
많이 먹었다. 그 많던 참새들은 어디로 갔나?

보이지 않는것이 보이는것 보다 더 가깝고 정
겨울 때가 있다. 뜰을 걸며 청소 하다가
있지도 않는 참새와 만나 즐거웠다
2020. 4. 18

내 여권은 비어 있다. 그 백지 위에 추억 속

도시 이름과 거리들이 눈에 덮여 하얗다.

시간은 변해도 공간은 거기 있다.

수즈달의 벌판 끝에 남아 있는 교회당(성당), 에뚜알 광장 오픈 카페,

테임즈강도 라인강도 시 구절처럼 남아 있을 거다.

사람은 달라져도, 비둘기는 옛날 그 비둘기가 아니라 해도. 거기 있을 거다.

못 쓰는 여권 옆에 한 번도 쓰지 않은 여권이 서랍 속에 나란히 있다.

스탬프 위에도 백지 위에도 내 시간은 없다.

파리, 로마, 뉴욕, 쾰른과 코펜하겐, 그리고 런던이 있었지.

그림엽서보다 선명한 여권 위의 도시들이 왜 고향처럼 그리워지는가?

서랍 정리하다가

내 여권은 비어 있었다 그 백지위에 추억의
도시 이름과 거리들이 낱늘의 열에 있는게다.
　　　　　　　　　　　　하양

시간은 변해도 공간은 거기 있다.

수도단의 변두 끝에 남아있는 고회당, (성당)
애덕앗 광장 오플카뎌, 데암조강도
라인강도  시 구절처럼 남아 있을거다.

사람은 달라졌어도, 비둘기는 옛날 그 비둘기
가 아니라 해도. 거기 있을거다.

못쓰는 여권 옆에  한번도 쓰지 않는
여권이 서랍속에 나란히 있다.

스탬프 위에서도  여권위에도  내 시간은 없다
파리 롬 뮤욱 케른라 파틴하겐. 그리고
런던이 있었지. 그림 엽서 보다 선명한
여권위의 도시들이 왜 고향처럼 그리워
지는가 ?　　　　　서랍정리 하다가

2020. 4. 23

피는 붉다는데
왜 정맥은 파랗게 보이는가?
불보다 강을 닮아서인가.
나뭇가지를 닮아서인가.
글을 쓰면 펜을 쥔 손가락이 보였는데
이제는 손등의 정맥,
핏줄이 보인다.
80년 넘게 얼마나 많은 혈구가 흘러갔을까?
강가에서 흘러간 서러운 시간을 보냈는데
지금 나는 파란 피의 강줄기를 보면서
끝나가는 삶의 시원을 생각한다.

피는 붉다는데
왜 정맥은 파랗게 보이는가?
불 보다 江을 닮아서인가
나 무가지를 닮아서인가


젊은 쓰면 펜을 쥔 손가락만
보였는데                              이
이제는 손 등의 靜脈,
핏줄이 보인다

80번 넘게 얼마나 많은 혈구가
흘러갔을까?
江가에서 흘러간 서러운 시간을
생각했는데
     노 났
지금 나는 파란 피의 강줄기를
보면서
끝나가는 삶의 시원을
생각한다
                         2020. 4. 29

일곱 가지 생각의 무지개

1. 발톱 깎다가 눈물 한 방울

　　거기 있었구나. 내 새끼발가락.

2. 이파리 하나 흔들리면 나무가 흔들리고

　　나무가 흔들리면 숲이 흔들리고

　　숲이 흔들리면 산이 흔들린다.

3. 피는 붉은데 왜 파란 정맥

　　눈동자는 검은데 왜 하얀 눈물.

4. 혼魂은 하늘로 올라가고 백魄은 땅으로 떨어지고

　　촛불은 하늘로 올라가고 촉루는 땅으로 흐르고

　　혼백도 촛불도 사라지면(남는 것은) 어둠.

5. 문지방을 밟으면 재수 없다고 하는데

　　오늘도 문지방에 서 있다.

　　니체의 줄 타는 곡예보다 어려운 생각.

6. 토마토는 야채인가 과실인가?

　　토마토는 토마토. 사람은 사람.

7. 어둠을 다듬는 다듬이 소리.

　　죽음을 다듬는 심장 소리.

일곱가지 생각의 무지개.

1 발톱깎다가 ~~차거운~~ 눈물한방울
~~두고~~ 거기 있었구나, 새끼 발가락.
(내)

2 이파리 하나 흔들리면 나무가 흔들리고
나무가 흔들리면 숲이 흔들리고 숲이
흔들면 산이 흔들린다

3 피는 붉은데 ~~왜~~ 왜 파란 정맥(靜脈)
눈동자는 검은데 왜 ~~눈물~~은 하얀 ~~눈방울~~
(눈물)

4 魂은 하늘로 올라가고 魄은 땅으로 떨어지고
촛불은 하늘로 올라고 촛농는 땅으로 흐르고
혼백도 촛불도 사라지면 어둠.(남는것은)

5 문지방을 밟으면 재수없다 하는데
~~나는 오래나~~ 문지방 위에 서 있다
오늘도
내체의 즉라는 극에 보다 어려운 문지방위의 생각.

6 토마토는 야채인가 과실인가?
토마토는 토마토. 사람은 사람.

7 어둠을 다듬는 다듬이소리
죽음을 다듬는 싱강소리

2020. 5 6

글쓰기

소복을 한 백지장 위에

발자국을 찍는다.

맨발이어야 하고, 얼어 있어야 하고

심장만 화로 같아야 한다.

검은 발자국은 숯이 되고

발화점에 이르면 불이 붙는다.

백지장에 불이 붙고

종이는 재가 된다.

텅 빈 벌판 발자욱 소리가 들린다.

먼 데서 아이들이 떠드는 소리

여닫이를 열었다 닫는 소리

사랑방에서 들려오는 기침 소리

소복을 한 백지장 위에

글을 쓴다.

　　　늘 날짜가 틀린다. 오늘은 10일이다.

글쓰기 —
소복을 한 白紙장 위에
발자국을 찍는다.

맨발이어야 하고, 안 기 있기야하고
심장만 화르 같아야 한다.

검은 밤 외국은 숯이 되고
밤 화점이 이르면 불이 붙는다.

白紙 장이 불이 붙고
종이는 재(灰)가 된다.

텅빈 벌판 발자국소리가 들린다.
먼데서 아이들이 떠드는 소리
외 닫이를 열었다 닫는 소리
사랑방에서 들려오는 기침소리

소복물한 백지장위에
글을 쓴다.

2020. 6. 9.

※ 늘 발자가 들린다. 오늘은 10여이다.

**Archipelago**

기억은 띄엄띄엄 떨어져 있는 섬.

아키펠라고 Archipelago

O자로 끝나는 침묵의 종지부.

섬과 섬 사이를 흘러가는 파도의 물거품

불과 재

산불은 산 전체의 모든 것을

태운다. 불꽃, 화염의 혀는

제왕처럼 절대적이다.

광채, 위새, 용처럼 승천하는 연기.

불은 태울 것이 없으면 소멸한다.

아무 힘도 없는 아이 혀처럼 작아지다가

아예 자취를 감춘다.

하지만 무기력하게 불타버린

나무와 풀, 그리고 곤충, 짐승

생명 있는 것들의 형태는 재로 남는다.

그 흔적으로 불이 태우지 못한

물질과 생명의 마지막 힘줄들이

숯이 된다.

숙주가 죽으면 기생충도 죽는다.

불과 기생충 바이러스의 위세는

재 앞에서 자살한다.

　　백지는 무언가 써야 한다는 강박관념으로 나를 겁박한다.

　　백지. 흰 종이가 날 부끄럽게 만든다. 잔인한 여백들.

# Archipelago

기억은 띄엄 띄엄 떨어져 있는
섬. 아키 펠라고 Archipelago
O 자로 끝나는 침묵의 종지부, ⟨파도의⟩
섬과 섬 사이로 흘러가는 많은 물거품

2020. 5. 15

## 불 과 재

산불은 산 전체의 모든 것을
불태운다. 불꽃. 화염의 혀는
제왕, 여황처럼 절대적이다.
광채. 위새. 용처럼 승천하는 연기.

불은 태울것이 없으면 소멸한다.
아무힘도 없는 아이처럼 작아지다가
아예 자취를 감춘다.          ⟨혀⟩

하지만 무기력하게 불타버린
나무 와 풀. 그리고 곤충. 짐승
생명 있는 것들은 잿빛을 남는다. ⟨간⟩
그 흔적으로 불이 태우지 못한
물질과 생명의 마지막 힘 줄들이
숯이 된다.
숙주가 죽으면 기생충도 죽는다.
불 과 기생충 바이러스의 위세는
재 앞에서 자살 한다
2020. 5. 16

백지는 무언가
써야 한다는
강박관념으
로 나를 짓누른
다. 백지.
침묵이 가 날
부끄럽게
만든다. 잔
인한 여백
들.

⟨경박한⟩

딸기 씨 세는 시간

코로나 바이러스로 집에 갇힌 사람이

딸기의 씨를 온종일 세어보았다는 이야기.

딸기 씨는 왜 밖에 있을까 궁금하게 여긴 사람은 있어도

그 과육에 박힌 작은 씨를 헤아려본 사람은 없을 것 같다.

다들 바빠서 그런 일을 할 생각부터 해보지 않는다.

그런데 코로나가 딸기 씨를 일일이 세는 사람을 만들어낸 것이다.

알아서 무엇 하나. 이런 질문을 무시하고 딸기 씨를 세어보는 사람들이

과학, 문학, 종교, 형이상학도 형이하학도 모두 만들어냈다.

별과 지구의 거리를 재본 사람, 하늘의 별을 센 사람.

망원경으로 허공을 쳐다본 갈릴레오 갈릴레이

목숨을 걸고 지구는 돈다고 한 할 일 없는 세상

당신이 없어도 지구는 돌고 목성은 어둔 하늘에서 빛난다.

평생을 두고 딸기 씨를 세기 위해 방구석에 갇혀 있던 사람, 그것이 바로 나다.

갈릴레오도 셰익스피어도 되지 못한 나다.

> 딸기 씨는 150에서 200개라고 한다. 크기에 따라 숫자가 달라진다. 그러나
> 사실은 그게 씨가 아니란다. 역시 진짜 씨는 딸기의 과육 안에 있다고
> 하더라.

딸기 씨 세는 시간.

코로나 바이러스로 집에 갇힌 사람이
딸기의 씨를 온종일 세어 보았다는 이야기

딸기씨는 왜 밖에 있을까 궁금하게 여긴
사람은 있어도 그 과육에 박힌 작은 씨
를 헤어 본 사람은 없을 것 같다.

우선 바쁜 사람들만 있어서 그런 일을
할 생각부터 해 보지 않는다.
그런데 코로나가 딸기씨를 신인이 헤는
사람을 만들어 낸 것이다.

알아서 무엇 하나. 이런 질문을 무시하고
딸기씨를 세어 보는 사람들이 과학, 물학
종교. 형이상학도 형이하학도 모두 그런
사람들이 만들어 냈다. 별과 지구의 거리를
재본 사람, 하늘의 별을 센 사람.

딸기씨는
150에서
200개까지
한다. 크기
에 따라 숫
자가 달라
진다 그러
나 사실은
그게 씨가아
니란다. 역시
진짜 씨는
알커이라고
살아있다고 하더라.

방원경으로 허공을 쳐다본 갈릴레오 갈릴레이 하더라.

목숨을 걸고 지구는 돈다고 한 할일 없는 세상
당신이 없어도 지구는 돌고 목성은 여전히 하늘
에서 빛난다

평생을 두고 딸기 씨를 헤기위해 방구석에
갇혀 있던 사람, 그것이 바로 나다
갈릴레오 세잉스티어들 되 못합니다

2020. 5. 16

참새

참새는 날아다니는 수묵화

인간의 곡식을 빼앗아 먹는 해조害鳥인데

참 진眞자를 붙여 참새라 부른 한국인의 마음

어렸을 때부터 참새들과 함께 지냈는데 막상 그려보니 닮지도 않았다. 80년 동안

봤어도 그 모습을 그리지 못하는 것은 80년 동안 참새를 보지 않았다는 얘기다.

이런 부정확한 감각을 가지고, 그것을 믿고 살아온 것이다.

참새

참새는 날아다니는 水墨画
　　　　　2020. 5. 23
　　　　　　　　　　　　　　飛鳥

인간의 곡식을 빼앗아 먹는 도둑새인데
참(眞)자를 붙여 참새라 부른 한국인의 마음

어렸을 때부터 참새들과
함께 자랐는데 막상 그리
보니 쉽지를 않았다
80년 동안 봐도 그 모습
을 그리지 못하는 것은 80
년 동안 참새를 보지 않았
다는 얘기다. 이런 부류
허한 감정을 가지고, 먼지
살아온 것이다.

죽음은 열매처럼 익어간다.
처음엔 암처럼 파랗게 붙어 있다가
조금씩 조금씩 둥글게 자라
껍질의 빛이 달라진다.
먹어볼 수는 없지만 쓸 것이다.
떫고 아릴 것이다.
독기가 혀를 가르고 입술도 얼얼
할 것인데 조금씩 조금씩
단맛이 배어나면서
빛이 달라진다.
죽음은 가을이 되고 나뭇잎이
다 떨어진 나뭇가지 위에서
노랗게 혹은 빨갛게 익어간다.
말랑말랑해진 죽음에는
단맛이 들고 빛이 달라진다.
삼키면 목구멍으로 넘어간다.
암흑의 빛이 온몸으로 번진다.

죽음은 열매처럼 익어가는 것이다.
처음엔 암처럼 따갑게 붙어 있다가
조금씩 조금씩 둥글게 자라
기빛이 달라진다.

먹어 볼 수는 없지만 쓸 것이다.
떫고 아릴 것이다.
독기가 혀를 가르고 입술로 번질
할 것인데 조금씩 조금씩
단 맛이 배어나면서
빛이 달라진다.

죽음은 가늘게 되고 나뭇잎이
다 떨어진 나뭇가지 위에서
느리게 혹은 빠르게 익어간다.
발갛게 말랑해진 죽음에는
단 맛이 들고 빛이 달라진다.

삼키면 뱃 목구멍으로 넘어
간다. 암흑의 빛이 온몸으로
번진다.

                                    2000. 6. 15

삭풍보다 매서운

채찍의 아픔 속에

팽이는 얼음장 위에서도

돌아간다.

아픔이 팽이를 살린다.

채찍이 멈추면

팽이는 솔방울처럼

떨어져 죽는다.

살려면 아픔이 있어야

한다고 외치면서

오늘 빙판 위에서

나는 회전한다.

무서운 속도로.

무서운 추위로.

돌아간다.

　　돌아가는 팽이의 중심에는 죽음의 과녁이 있다

삭풍보다 매서운
채찍의 아픔 속에
팽이는 얼음장 위에서도
돌아간다.

아픔이 팽이를 살린다.
채찍이 멈추면
팽이는 술방울처럼
떨어져 죽는다.

살려면 아픔이 있어야
한다고 외치면서
오늘 밍 따위에서
나는 회전한다.

무서운 속도로,
무서운 추위로,
돌아간다.

※ 돌아가는
팽이의 중심에는 죽음의 평형이
있다.

2020 6.17.

화폐의 가치

깊은 지식이 필요하겠는가?

사람들은 돈의 가치가 무엇인지 잘 안다.

돈은 전 세계 시장에 있는 물건들의 가치를 가격으로 정한다.

종류도 다르고 기능도 다른데 어떻게 가격을 매겨 차등화 할 수 있나.

다이아몬드는 사막에서 길 잃은 자에게 한 방울의 물보다도 가치가 없다.

나무꾼이 당장 나무를 베는데 금도끼가 무슨 소용인가. 정직해서가 아니라

나무꾼이 필요로 하는 도끼는 금도끼도 은도끼도 아닌 쇠도끼이다.

사람들은 모른다. 돈이 천하고 더러운 것이라고 하지만 물건의 가치 척도만이

아니라 고결한 정신의 척도에서도 그렇다는 것.

그래 한 가지 일러두마. 내가 그 사람을 정말 사랑하는가? 그 사람을 위해

돈을 써보면 안다. 그 돈이 아깝지 않다는 건 그 사람을 정말 사랑하고 있다는

증거이다.

돈을 써보면 안다. 액수가 큰 만큼 사랑도 크다.

그 돈이 아깝지 않으면 '사랑한다'는 숫자인 게다.

나를 위해 쓰는 돈이 아깝지 않듯이 너를 위해서 쓰는 돈이

아깝지 않다면 나는 너를 사랑하는 것이다.

　몸이 아파서 가뜩이나 못 쓰는 글자들이 술에 취한 것처럼 비틀댄다.

# 화폐의 가치

깊은 지식이 필요하겠는가?
사람들은 돈의 가치가
무엇인지 잘 안다.

교환가치는 물론이고 돈은
전 세계 시장에 있는 물건들을
가격으로 가치를 정한다.

종류도 다르고 기능도 다른데
어떻게 가격을 먹여 차등화
할 수 있나.

다이아몬드는 사막에서 길 잃은
자의 한 방울의 물보다도 가치가
없다. 나뭇꾼의 당장 나무를 베는데
금도끼가 무슨 소용인가. 정 직해서가
아니라 나무꾼이 될 물을 치는 도끼는
금도끼도 은도끼도 아닌 쇠도끼이다.

사람들은 모른다. 돈이 천 카고 더러운
것이라고 하지만 물건의 가치 척도뿐이
아니라. 정신의 경지 이서도 그렇다는것

그래 한가지 알려주마. 내가 그 사람을
진짜 사랑하는지! 그 사람을 위해
돈을 써보면 안다. 그 돈이 아깝지 않느면

몸이 나 되서
기록이 나 못쓰는
근지들이 숨바쳐
항 갱처럼 비틀댄다
2020. 6. 27. 토요일

나는 그 사람을
정말 사랑하고
있다는 증거이다

들을수록 보면
다. 액수가 클수록
더 사랑하고 4

그 돈이 아깝지 않으
면 '사랑한다'는
인거다.

나를 위해서 쓰는 돈
이 아깝기보다 니
너를 위해서 쓰는
돈이 아깝지 않으
면 나는 너를 사
랑한다는 것을 확인
한다는것이다

이제 정말 떠날 때가 되었나 보다

배가 아프다. 음식을 먹을 수 없다. 열도 난다.

목이 타고 어지럽다.

이 낙서장을 죽기 전에 찢어 없애야 하는데

그럴 만한 힘도 없다.

죽음은 영화나 연극, 소설 속에서만 그려진다.

죽음은 폭발하지 않는다. 야금야금 다가와 조금씩 시들게 한다.

황제의 죽음이라도 마찬가지다.

화려했던 꽃잎이 시들어 떨어지는 것처럼 천천히 소리조차 없다.

가슴도 온몸도 침몰한다. 심연 속으로.

죽음은 마지막인데도 그것을 나타내는 말은 겨우 시드는 것, 가라앉는 것,

힘이 빠지고 가물거리는 것. 아무리 찾아봐도 극적인 말이 없다.

이제 정말 떠날때가 되었나 보다.

배가 아프다. 음식을 먹을수 없다 열도난다
목이타고 어지럽다.
이 낙서장은 죽기전이 찢어 없애야 하는데
그럴만 한 힘도 없다

죽음은 영화나 연극, 소설속에서만 그려진다.
하지만 그게 황제의 죽음이라도 마찬가지
다.

죽음은 독발하지 않는다. 야금야금 다가 와
조금씩 시들게 한다. 화려했던 꽃잎이
시들어 떨어지는 것처럼 소리조차 없다
                         천천이
가슴도 온몸도 침몰한다. 심연속으로

죽음은 미지막인데도 그것을 나타내는법
은 겨우, 시드는 것, 가라앉는것, 힘이
빠지고 가물거리는것, 죽져 일 뜯이
있다
                 가득히 찾아 봐도
   2020년 6. 27일

가야겠다. 아무도 살지 않는 사막이나 무슨 무인도 같은 곳으로 찾아가야겠다.

오랫동안 함께 살았던 사람들은 이름만 갖고 가자.

아주 참기 어려울 때 물새 이름이라도 부르듯이 부르면 된다.

나를 위해 눈물 한 방울이라도 흘려준 사람에게는 편지를 쓰면 되겠지.

물병에 넣어 파도 위에 던지면 찾아가겠지.

시간이 되었나 보다.

그게 아무도 살지 않은 사막이라면

죽을 사死자 사막이라면

백골로 남아 기둥처럼 선인장처럼 서 있으면 된다.

언젠가는 낙타가 지나가며 울어주겠지.

가야겠다. 아무도 살지 않은
사막이거나 무슨 무인도 같은곳
찾아 가야겠다

오랫동안 함께 살았던 사람들은
어름바 같으로 가자

아주 참기 버려울때 물새이름이라도
쓰는듯이 부르면 된다

나를 위해 눈물한방울이라도 흘려줄
사람에게는

편지를 쓰면되겠지. 물병이붙어
파도위에 던지면 찾아가겠지

시간이 되었나 보다.
그게 아무도 살지 않은 사막이라면
죽은사자 사막이라면
백골로 남아 기둥처럼 신전처럼
서 있으면 된다.
은원하는 낯 따가 지나 풀어주겠지
                         2020. 7. 21

내 슬픔은 나 혼자의 것이니
참을 수 있다.
하지만 누가 함께 슬퍼하면
나는 견디지 못한다.
남이 슬퍼하는, 나를 슬퍼해 주는
타인의 중량이
너무 무거운 탓이다.
내 역성을 들어주는 사람 앞에서
나는 울었다.
얼마든지 용감하게 싸울 수 있는데
죽음과 맞서 싸울 수 있는데
누가 내 손을 잡고 상처를 불어주면
나는 주저앉는다. 어렸을 때처럼 그랬다.
아무도 내 역성을 들어주는 사람이 없기에
졸도해 쓰러진 날 밤,
일어나서 보니
누구도 내 역성을 들어줄 사람이 없다는 걸 알고 안심한다.

내 슬픔은 나 혼자의 것이니
참을 수 있다.
하지만 누가 함께 슬퍼 하면
나는 참 견디지 못한다.
남이 슬퍼하는, 나를 슬퍼 해주는
타인의 중량이 너무 무거운 탓이다

내 억성을 들어 주는 사람앞에서
나는 울었다
불마던지 용감하게 싸울 수 있는데
죽음과 맞서 싸울 수 있는데

누가 내 손을 잡고 상처를 붙여 주면
나는 주저 앉는다. 어렸을 때. 처럼
그랬다

아무도 내 억성을 들어 주는 사람이
없기에 죽도록 쓰여진 삶 만
일어나서 보니
누구도 내 억성을 들어준 사람이
없다는 걸 알 ~~고~~ 고 안심한다

2020. 재 31

생각은 참 사치스러운 것.

없어도 살 수 있는 모자 같은 것.

아무것도 생각힐 수 없다.

'생각난다'는 간단한 말을 굉장한 철학으로

아남네시스Anamnesis(철자법 맞나?)라고 부르며 플라톤을 찾는

서양 사람들이 우습다. 그냥 생각난다고 하면 된다.

옛날 생각난다. 태어나기 전 일이 생각난다.

할아버지의 할아버지, 할머니의 할머니 생각 말이다.

고조할아버지 제상 앞에서 축문을 외우듯 생각난다. 옛날 생각난다.

죽는 날 생각난다. 내가 없는 천 년 뒤 세상 일이 생각난다.

그런데 지금 그 생각이 고장 난 시계처럼 멈췄다.

생각은 참 사치스러운 것. (?) 모자
없이도 살 수 있는 ~~반지~~ 같은것
아무것도 생각할 수 없다.

'생각난다'는 간단한 '말'을 엄청한
철학으로 Anamenesis (철자맞았나?)
라고 부르며 또라를 들 하는 ~~바늘사람~~ —서양
들이 ~~있습~~다 그 말 생각난다고 하면
된다. (우습

옛날 생각난다. 태어나기전 일이 생각난다.
할~~아버지~~ 할아버지 할머니의 할머니 생각난다.
근근 할아버지 젯상 날에서 죽을 떠우듯
생각난다. 옛날 생각난다.

죽는날 생각난다. 내가 없는 천년 뒤
세상일이 생각난다. 고장난 시계처럼
그런데 지금 그 생각 ~~은 안좋다~~ 이 멈췄다

2020. 7. 3

바람 한 점 없는 날에도
깃털은 흔들린다.
날고 싶어서.
바람 한 점 없는 날에도
공깃돌은 흔들린다.
구르고 싶어서.
바람 한 점 없는 날에도
내 마음은 흔들린다.
살고 싶어서.

바람 한 점 없는 날에도
깃털은 흔들린다.
날고 싶어서.

바람 한 점 없는 날에도
풍기풀은 흔들린다.
구르고 싶어서
바람 한 점 없는 날에도
내 마음은 흔들린다
살고 싶어서.

2020. 7. 5.

수식어를 쓸 수 있다는 것은 덜 절박하다는 것이다.

호랑이를 그리려면 호랑이는 안전한 쇠창살 너머 있어야 한다.

관찰하고 느끼고 묘사할 수 있으려면

그것들은 초점 거리를 두고 일정한 자리에 떨어져 있어야 한다.

아직 내 죽음은 차가운 저 창살 너머에 있다. 나를 노려보지만

송곳니를 내보이고 짖으려 하지만 저만큼의 거리가 있다.

내가 그 우리를 들어가거나 창살이 부러지면 호랑이는 나와 하나가 될 것이다.

죽음의 조련사는 없다. 죽음은 길들일 수 없는 야수.

수식어들이 하나둘 사라지고 하나의 명사 하나의 동사만 남는다. 죽음.

그리고 죽다.

수식어를 쓸 수 있다는 것은
덜 절박하다는 뜻이다.
호랑이를 그리려면 호랑이는
안전한 쇠창살 넘어 있어야 한다
관찰하고 느끼고 묘사 할수 있으려면
그것들은 촛점 거리를 두고 일정한
자리에 떨어져 있어야 한다.

아직 내 죽음은 차거운저 창살
넘어에 있다. 나를 노려 보지만
송곳이를 내 보이고 짖으려하지만
저 만큼의 거리가 있다.

내가 그 우리를 들어가거나
창살이 부러지거나 호랑이는
나와 하나가 된것이다
죽음의 조련사는 없다. 죽음은
길들일수 없는 야수

수식어들이 하나둘 사라지고 하나의
명사 하나의 동사만 남는 다. 죽음.
그리고 죽다
        2020 7. 19.

움직이기 싫어서 누워 있는 채 코 푼 휴지를 휴지통을 향해서 던졌다.

정통으로 들어간다. 대개 실패하는 경우가 많은데.

투호, 옛 놀이라도 한 듯이 속으로 함성을 지른다. 순간 즐거워하는 애들처럼 기뻐하는 내 모습이 너무 애처로워 금시 웃음이 사라진다.

하나님, 이런 것이 바로 사람들이랍니다. 휴지통에 휴지를 던진 것이 (빗나가지 않고) 들어갔다고  그 사소한 일에도 큰 벼슬 한 것처럼 우쭐하고 기뻐하는 것이 바로 당신께서 만드신 사람들이랍니다.

아주 사소한 것들에 행복해하는 사람들에게 그 재앙은 너무 큽니다. 큰 욕심, 엄청난 것 탐하지 않고 그저 새벽 바람에도 심호흡하고 감사해하는 저 많은 사람들, 그들의 눈물을 닦아주세요. 거기에 제 눈물도요. 그들은 눈물이라도 솔직히 흘릴 줄 알지만, 저는 눈물이 부끄러워 울지도 못해요.

감사합니다. 코를 푼 휴지가, 클린샷. 네이트 아치볼트가 던진 농구 볼처럼 휴지통에 들어갔네요. 그래서 기뻤습니다. 기분이 좋았습니다. 하루 종일.

움직이기 싫어서 누워 있는채 손을걸 휴지를 휴지
통을 향하서 던졌다. 대개의 경우, 실패 하는
경우가 많은데 、정통으로 들어간다
투호(投壺)가 옛놀이라는 하듯이 속으로 함성
을 지른다. 순간 즐거워하는 애들 처럼 기뻐하는
내 모습이 너무 애처로워 금세 웃음이 살아진다.

하나님 이런것이 바로 사람들이랍니다. 휴지통에
휴지를 던진 것이 들어갔다고 (빗나가지 않고) 그것을
한 일이도 큰 예술 한것처럼 기뻐하는 것이 바로
당신께서 만드신 사람들이랍니다. (우쭐하)

너무 사소한 것들에서 행복해하는 사람들에게 그
재앙은 너무 큽니다. 큰병, 죽음, 엉청난것 탐 하지
않고 그저 새벽바람에도 심호흡하고 감사 해 하는
저 없는 사람들, 그들의 눈물을 닦아 주세요.
거기에 젤 눈물도 요. 그들은 눈물이라는 솔직히를
진즉 알지만, 저는 눈물이 부끄러워 울지도 못해요.

농구) 감사합니다. 손톱 끝 휴지가, 스크린 샷. 네이트 아치
본드가 던진 별 처럼 휴게통에 들어갔네요
그래서 기뻤습니다. 기분이 좋았습니다 하루종일.
                    2020. 7. 22.

책을 읽다가 참 이상한 속담 하나와 만난다. '참꽃에 볼때기 덴 년'이라는 막말
수준의 속담인데, 김소월의 '진달래꽃'보다 더 놀랍다. 참꽃은 진달래를 뜻한다.
얼마나 진달래꽃이 붉게 타올랐기에 볼을 데겠는가? 진달래꽃에 볼을 데고
화상을 입은 여자라면 '년' 자가 아니라 사포 못지않은 시인으로 떠받들어야
하는데 그게 아니다. 봄바람에 일렁이는 여심보다 봄꽃에 마음을 덴 여인들의
가슴은 어떤 것일까? 억눌려 재가 되어버린 연정에 다시 불이 붙을 때, 그
아름다움을 악담으로 표시한 이 속담의 이중 삼중의 은유, 패러독스, 거기에
풍자까지. 한국 막문화의 놀라운 레토릭이다.
시인이 아니라 무명의 대중들이 만들어내는 '막'시(속담) 쪽이 훨씬 생한 은유를
쓰는 경우는 예거할 수 없이 많다. 그중의 하나가 서정주 시인의 글이었던가.
보름달이 떠오른 광경을 보고 "저 달빛엔 꽃가지도 휘이겠구나!"라고 말한
시골 여인들의 **말**이 그렇다. 나뭇가지 위로 뜬 달을 열매로, 가지에 열린
탐스러운 과일(호박? 박?)로 비유한 것이다. 진달래꽃에 양볼에 화상을 입은
여인들이(연정에 타오르는 뺨이 진달래처럼 꽃분홍색이 된) 이번에는 달이 너무
크고 환한 모양을 보고 꽃가지가 휘어진다고 한다. 동사로 전환된 수식어,
은유다. 볼이 데고, 가지가 휘어지고, 물건과 마음은 혼연일치의 행위가 된다.
이태백의 달 노래가 한시의 으뜸을 이루지만, 한국의 한 시인은 술잔에 뜬 달을
마시고 배 속에 달빛이 가득 차 있다고 한다.
최고의 감상법, 표현법이 바로 '먹다'이다. 진달래에 볼을 덴 여인들은
그것으로도 모자라 진달래로 전을 부쳐 먹고 술을 담가 먹는다.

책을 읽다가 참 이상한 속담 하나와 만난다 '참꽃에 볼때기 덴 년'이라는 막끌 수준째인데 김소월의 '진달래꽃'보다 더 놀랍다. 참꽃은 진달래를 뜻한다. 얼마나 진달래꽃이 붉게 타을랐기에 볼을 데겠는가? 진달래꽃에 볼을 데고 화상을 입은 여자라면 '년'자가 아니라 사또 못지 않는 시인으로 떠받들어야 하는데 그게 아니다. 봄바람이 녹이나는 여심 보다 봄꽃이 바흘은 던 여인들의 가슴은 어떤 것일까? 안늘러 재기 되어 버린 연정에 다시 불이 붙을 때, 그 아름다움을 악담으로 동시항이 속담의 이중 쓰증의 은유, 패러독스, 거기에 쎄터이어까지 한국 특별타의 놀라는 레토릭이다.

시인이 아니라 무명의 대중들이 창들어 버린 '막'시 (속담)쪽이 훨씬 생생한 은유를 쓰는 경우는 예거 할수 없이 많다 그중의 하나가 서정주 시인의 글에 있던가 본듯만이 때으로 광경을 보고 "뒷애 나묵까지 쩡ㄱ지겠네' 라라카 쩌쩌쩌카 달아 따르 딴하는 시골 여인들의 막들ㅡ이 그렇다. 나묵가지 위로 온 딴은 열매로, 가지에 열린 탐스러운 과일 (호박? 박?)그로 비유하는 것이다. 진달래 꽃이 양 봄에 화상을 입요은 여인들이 (연정이 타오르는 뺨이 진달래처럼 꽃붉홍색이 된것) 이번에는 딴이 너묵 크고 탄탄한 모양을 보고 나묵가지가 쩍 쩍 어진다고 한다. 동사로 전환된 수식어, 는늘다 불이데고 가지가 찢어지고, 물건라 바흠은 혼연인지, 행위가 된다

이태백의 단노래가 한시의 으뜸을 이루지만, 한국의 한시인      은 술잔의 딴 단은 지시고 뱃속에 달빛이 가득차 있다고 한다.

최고의 감상법, 토현 없이 바로 먹다이다. 진달래 에 볼은 덴 여인들을 구걸으로을 모른라. 진달래를 전을 부쳐 박고 술을 단니 막는다.

2020. 7. 28.

북악
산의 능선이 보인다
파도처럼 움직인다

북악
산의 능선이 보인다
파도 처럼 움직인다

2020. 7. 19.

고추잠자리 날개에

가을 햇빛

빗자루보다

언제나 높았던 가을 하늘

잠자리 잡으려고 빗자루 들고

휘두르면 잠자리는 어디론가

사라지고 파란 가을 하늘이

보였다.

해마다 가을이 오기 전에

고추잠자리가 먼저 왔다.

언제나 청명한 날에.

여름의 천둥과 소낙비.

불타버린 여름의 잔해 위로

그만 쓰자. 아무것도 생각할 수 없다.

어린 시절의 그 기억들도 다 사라졌다.

고추잠자리들처럼 그런 것을 쓰려고 했는데

글도 글씨도 멈춰 선다.

걷지 못하겠다.

고추잠자리 날개에
가을 햇빛
빛자국 빗자국보다
언제나 높았던 가을 하늘

잠자리 잡으려고 빗자루 들고
휘두르면 잠자리는 어디론가
사라지고 파란 가을 하늘이
보였다.

해마다 가을이 오기 전에 고추
잠자리가 먼저 왔다. 언제나
청명한 날에.

여름의 천둥과 소낙비,
불타버린 여름의 잔해 뒤로

그만 쓰자. 아무것도 생각할 수 없다.
어린 시절의 그 기억들도 다 사라졌다
고추잠자리들처럼. 그런것은 서러워
했는데 글도 근래도 멈춰 선다.
견디 못하겠다.

2020. 10. 11.

옛 책 생각이 나 꺼내 읽다가

눈물 한 방울

너도 많이 늙었구나(낡았구나).

늙다와 낡다. 종이와 내 얼굴의 대비. 그러나 물리적인 것만의 이야기는
아니다. 옛날 읽던 책이 생각나 다시 읽으면, 그 뜻이나 이야기들이 많이
변해 있다. 책도 청춘이 있었구나. 같은 글인데도 시간이 흐르면 주름과
저승꽃 같은 반점이 생긴다.

"나는 늙고 너는 낡고"

옛책 생각나 꺼내 읽다가
눈물 한방울
너도 뻘겋게 늙었구나 (늙었구나)

＊ 늙다의 늙다. 종이와 내 얼굴의 대비
그러나 물리적인 것만의 이야기는
아니다. 옛날 읽던 책들의 생각나
다시 읽으면, 그 뜻이나 이야기들이
뻘겋게 변해있다. 책도 청춘이 있었구
같은 줄인데도 시기로보면 주름과
저승꽃 같은 반점이 생긴다.

2020. 8. 15.

덧 "나는 읽고 너는 늙고"

손으로 쓴 전화번호책

눈물 한 방울

어렴풋이 숫자 위에 떠오르는

아련한 얼굴

손가락으로 구멍 난 숫자를 찾아

다이얼을 돌리던 옛날 전화.

탯줄처럼 코드 선이 감긴

검은색 전화.

먼 데서 한밤중 개 짖는 소리처럼

수화기에서 들려오던 그 목소리들은

지금 어디에 있는가?

웃음소리도 울음소리도 화난 목소리도

속삭이는 목소리도, 겨울밤 문풍지

소리. 0. 1. 2. 3. 4. 5. 6. 7. 8. 9.

가격표처럼 무표정한 숫자 위에

비가 내리고 눈이 내리고 바람이 분다.

손가락을 빈 구멍에 넣고 돌리면

동그란 얼굴

동그라미 그리려다 무심껏 떠오른

얼굴, 노래 가사처럼 떠오르는 얼굴들

손으로 쓴 전화번호처럼
눈물 찬 방을
어렴풋이 숫자위에 떠오르는
아련한 얼굴.

2020. 8. 15

손가락으로 구멍난 숫자를 찾아
다이얼을 돌리던 옛날 전화-
탯줄처럼 코드 선이 감긴
검은 색 전화.
번데기 칠밤 중 개짖는 소리처럼
수화기에서 들려오던 그 목소리들은
지금 ~~어디~~ 어디에 있는가?
웃음소리도 흐느낌소리도 짜낸 목소리도
속삭이는 목소리도, 겨울밤 봄줄기
소리. 그것들이 0.1.2.3.4.5.6.7
8.9. ~~숫자들~~ 가격표처럼 무
표정한 숫자 뒤에 비껴버리고 눕어
버리고 바람이 분다

손가락으로 빈 구멍에 넣고 돌리면
~~돌아가는 동경~~. 동그란 얼굴
동그라미 그리려다 무심코 떠오르는
얼굴. 노래가사처럼 떠오르는 얼굴들

또 만나 라는 말에

눈물 한 방울

언제 또 만날 날이 있을까?

에르메스 붉은 넥타이를 매다

눈물 한 방울

몰래 선물 놓고 간 그 사람 어디 있을까?

구두끈을 매다가

눈물 한 방울

아버지 신발에서 나던 가죽 냄새

송홧가루 날리던 뿌연 날

눈물 한 방울

나 어디에 있나.

아니야 아니야 그래 그랬었지

눈물 한 방울

옛날이야기 하다가!

뜬 밤나 자는 깔이
눈물 한 방울
~~맞~~ 맞을 놓이 있을까?
언제 또


Hermes 긁은 넥타이를 매다-
눈물 한 방울
선물을 ~~주고~~ 간 그 사람 어디 있을까?
몰래       놓고


구두끈을 매다가
눈물 한 방울
아버지 ~~신발~~ ~~어디쯤~~ 가죽냄새


송아가득 날리던 ~~박연상~~
눈물 한 방울
나 어디에 있나.
아니야 아니야 그래 그랬었지
눈물 한 방울
옛놀이야기 하다가!

                    2020. 8. 19.

용의 눈을 찍지 마라

'거의'라는 말이 좋다.

목적지에 도달하면 기쁨도 즐거움도 느끼지 못한다.

'거의' 다 왔어. 지루한 기차(완행 같은 것) 안에서

영등포역을 지날 때가 제일 즐겁고 기대감이 컸던 기억.

완성 직전. 화룡점정의 점 하나 찍기 직전의 기쁨과 짜릿함.

그 비어 있는 마지막 공간이 있을 때, 삶은 새벽별처럼 빛난다.

용은 날지 않아도 된다. 잠룡

승천하지 않는 용. 이무기

눈알이 찍히지 않는 용들의 비늘

막 바람이 일기 직전의 숲의 이파리(나무)

용의 눈을 찍지 마라.

154

'거의'라는 말이 좋다
목적지에 도달하면 기쁨도 즐거움도
느끼지 못한다

'거의' 다 왔어. 지루한 기차 (완행같은것)
안에서 영등포역을 지날때가 제일
즐겁고 기대감이 컸던 기억.

서울로 돌아올때 바다 느꼈던 그 감정
그것이 '거의' 다 왔다는 그 '거의'의 의미다

완성직전. 여기에 하나만 더 하면
화룡점정의 점 하나 찍기 직전의
기쁨과 짜릿함. 그 비어있는 미지막
공간이 있을 때. 삶은 새벽 별처럼
빛난다.

용은 날지 않아도 된다. 잠룡
승천하지 않는 용. 이무기
눈알이 찍히지 않는 용들의 비늘들
밤 바람이 붓 일기 직전의 술이
이타리 (나무)들
용의 눈을 ~~영혼에게~~ 찍지 마라

2020. 8. 31

박樸

생나무 죽으면 목재가 된다.

그 통나무를 박樸이라고 했다.

소박하다고 할 때의 그 박이다.

노자는 그 박(나무)이 흩어져,

가공되면 그릇이 된다고 했다.

하지만 나는 그게 통나무가 아니라

그냥 소리 나는 대로

박이라고 생각한다.

박을 쪼개면 박아지,

바가지가 된다.

그것은 쪼개진 우주다.

그것이 그릇이다.

樸

샘나무 죽으면
木村가 된다
구통나무를 樸
이라고 했다 순박
하다고 할때의 그
박이다 노자는 그 박
기〈나무〉가 흩어져, 가공
되어 그릇이 된다고
했다.
하지만 나는 그게 통나
무가 아니라. 그냥 소
리나는 대로 박이라
고 생각한다.
박을 쪼개면 박
아지, 바가지가
된다. 그것을
쪼개진 우주다. 그게
이 그릇이다.

꽉 채우지 마라.
흥부가 아니라도 박 안에는
많은 것들이 나온다.
정확하게 말하면
박을 타고 박 속을 긁어내면
무한을 담을 수 있는 공간
빈 공간이 허공이 하늘이
궁창이라는 예스러운 것이
생겨난다.
무엇이든 담는다. 태초의 하늘이
거기 있다. 은하계와 맞닿은
우주 공간과 연결되어 있다.
박을 타면 바가지가 나온다.
박아지. 아지는 아기.
쪼개지면 노자의 유명한 28장의 말.
연구가들이 머리띠를 두르고
생각해도 잘 풀리지 않는
해답이 나온다.
"박산즉위기樸散則爲器"

깍 채우지 마라
흥부가 아니라도 박 안에는
밝은 것들이 나온다.
정확하게 말하면
박을 타고 박속을 긁어 내면
무 한을 담을수 있는 공간
빈 공간이 허공이 하늘이
궁창이라는 옛스러운
것이 생겨난다

무엇이든 담는다 태초의 하늘
이 거기 있다 은하계의 별들은
누룩모같이 엉겨 되기 있다

박을타면 바가지가 나온다
박 아지. 아지는 아기
쪼개지면 노자의 유명한 28장의
말. 연주가들이 바가지를
두르고 생각해도 잘 쪼라지
않는 해답이 나온다.
樸散則爲器.

2020. 8. 31

저울로 잰다.

내 몸이지만 내 몸무게를 알 수 없다.

모든 것을 숫자로 표시되어야만 믿는다.

58.4킬로그램 차가운 디지털 숫자

엊그제보다 1킬로그램이 줄었다.

70에서 60으로 60에서 50으로 역순으로 내려가는

숫자의 끝은 어디인가?

매일 한 금씩 줄어가는 몸무게.

무엇이 가벼워진다는 건가?

죄의 무게가, 생각의 무게가,

맥동과 박동과 움직임의 무게,

목숨의 무게가 가벼워진다는 것인가?

중력의 법칙과 다른 생명의 법칙은

무슨 저울로 달아야 하나.

저울로 잰다
내 몸이지만 내 몸무게를
알 수 없다.
모든것는 숫자로 표시 되어야만
믿는다.
58.4kg 차거운 디지털숫자
멋 그제 보다. 1kg이 줄었다.
70에서 60으로 60에서 50으로
역순으로 내려가는 숫자의 끝은
어디에 있는가?

매일 한금씩 줄어가는 몸무게.
무엇이 가벼워진다는건가?
죄의 무게가, 성격의 무게가
맥동의 박동의 육체감지감의
무게, 목숨의 무게가 가벼워
진다는 것인가?

중력의 법칙과 다른 생명의
법칙은 무슨 저울를 달아야 하나.

9時
9月 밤에도 무게가 있었다
의 體重.

2020.9.1.

옛날 체중계를 갖고 싶다.
사람처럼 동그란 얼굴을 한
시계처럼 바늘이 돌아가는
내 키만큼의 체중계를 갖고 싶다.
심장의 무게와 머리의 무게
그리고 내장과 허파의
보이지 않는 내 몸 속의 비밀을
손가락질하듯이 바늘이 떨린다.
머뭇거리면서 숨 쉬듯 움직인다.
체중계와 마주 서서 은밀한 이야기
들키면 큰일 나는 이야기를 한다.
아니다. 그냥 옛날이야기를 한다.
알몸이 된 것도 부끄럽지 않은
목욕탕에서 몸무게를 달던
추억의 무게를.

옛날 체중기를 갖고 싶다
사람처럼 둥그란 얼굴을
한
시계처럼 바늘이 돌아가는
내키만큼의 체중기를
갖고 싶다

심장의 무게와 머리의 무게
그리고 내장과 허파의
보이지 않는 내 몸속의
비밀들
손가락질 하듯이 바늘이 떨린다
머뭇거리면서 숨쉬듯 움직인다

체중기와 마주서서 은밀한 이야기
들키면 큰일나는 이야기를 한다

아니다. 그냥 옛날 이야기를 한다
알몸이 된 것도 부끄럽지 않는
목욕탕에서 몸무게를 달면
추억의 무게를 .

2.2.9.1

눈물 한 방울

마른 잔디밭 뜰에 날아온 참새 한 마리

눈물 한 방울

어린 시절 먹었던 참새구이야.

콧물 닦다가

눈물 한 방울

어머니의 손

　　왜 옛날 아이들은 콧물을 많이 흘렸는지.

　　그럴 때마다 콧물 닦아주셨던 어머니의 손이 생각난다.

옛날 읽던 책 꺼내 읽다가

눈물 한 방울

밑줄 쳐넣은 낯선 단어들

　　왜 거기에다 밑줄을 쳐놓았는지 기억할 수 없다.

　　그때의 내 젊음이 그리워진다.

낡은 책상 서랍 열고

눈물 한 방울

먼 나라 소인이 찍힌 그림엽서 한 장

눈물 한 방울

<s>마른 잔디밭 틈새 느닷없 참새 한마리</s>
오랫만에 본 참새 한마리
눈물 한 방울
가난한 시절 먹었던 참새 구이 <s>맛처름</s>
    어린A점

콧물 닦다가
눈물 한 방울
어머니의 손.

※ 왜 옛날 아이들은
콧물을 많이 흘렸는지.
그럴 때 마다 ☒ 콧물
닦아주셨던 어머니 손
이 생각난다.

옛날 읽던 冊 꺼내 읽다가
눈물 한 방울
밑줄쳐 놓은 숱한 단어들

※ 왜 거기가 밑줄을 쳐
놓았는지 기억할 수
있다. 그 때의 내
젊음이 그리워진다.

낡은 책상 서랍 열고
눈물 한 방울
먼나라 소인이 찍힌 그림 엽서 한장

내가 죽는 날은
맑게 개인 날이었으면 좋겠다.
하늘은 파랗고 땅은 황토색
그리고 산들은 바다처럼
출렁거렸으면 좋겠다.
그늘 하나 없는 대낮이었으면 좋겠다.
밤하늘의 별들이 아니라 풀섶의 풀꽃처럼
빨간 점들이 빛나면 좋겠다.
바람은 흐느끼지 않고
강물은 일시에 멈춰
호수가 되거라.
떠나리라. 내 영혼은
그렇게 맑게 개인 날에.

내가 죽는 날은
맑게 개인 여름날이면
좋겠다.    하늘은
파랗고 땅은 황토색
그리고 산들은 바다
처럼 출렁거렸으면
좋겠다.

그늘 하나 없는 대낮이
있으면 좋겠다.
밤 하늘의 별들이 마치라
폭설의 눈꽃처럼
빨간 점들이 빛나면
좋겠다.

바람은 느끼지 않고
강물은 일시에 멈춰
호수가 되거라.
떠나리라 내 영혼을    2020
그렇게 맑게 개인 날씨    9.12

눈물 한 방울

아침과 함께 온 신문

눈물 한 방울

아! 대한민국

    월드컵에 젊은이들이 그렇게 외쳐대던 대한민국!

    무너져가는 대한민국을 예감해서 어머니를 부르듯 그렇게 외쳤는가?

또 하루 간다.

눈물 한 방울

아침밥 먹고 점심밥 먹고

저녁밥 먹고

    내가 삼식三食이가 되었다. 세 끼 밥 먹는 일이 하루를 사는

    내 의무요 노동인 게다.

멈추지 않는 핸드폰의 시계

눈물 한 방울

시계 밥 주어라! 옛날 벽시계의 그리움이여

    태엽을 감는 것을 밥 준다고 하고 멈춰 서면

    죽었다고 하던 옛날 괘종시계 시계추도 시계 불알이라고 했었지.

    밤중에 눈을 뜨면 시계 소리가 어둠을 갉아먹는 소리.

# 눈물 한 방울

아침과 함께 온 신문
눈물 한 방울
아! 대한민국

※ 원 드컴에 짓눌이든니 그러기 되려대든 대한민국!
꾸너려가는 대한민국을 여기감채시 어버리글 부르듯 그렇게
애절록 하기?

또 하루 간다
눈물 한 방울
아침 밥먹고 점심밥먹고
저녁 밥먹고

※ 내가 三食가가 되었다  세끼밥 먹는일이 가로둥 사는
내의 무은 노동인게다

멈추지않는 핸드폰의 시계
눈물 한 방울
시계밥 주어라! 옛날 명시계의 그리움이여

※ 태엽을감는것을 밥준다고 가고 멈춰서면
죽었다고 하던 옛날 괘종시계 시계축 도시계
부락이라고 찾었지. 남중에 눈을 뜨면 시계소리
가 어둠을 갉는이먹는 소리.

'아! 살고 싶다. 옛날처럼' 외치다

눈물 한 방울

벌써 옛날이 되어버린 오늘 하루.

코로나만이 아니다. 너무나 많은 것들이 빠르게 변한다.

한 번도 살아본 적이 없는 세상으로.

누구에게나

남을 위해서 흘려줄

마지막 한 방울의

눈물

얼음 속에서도 피는 기적의 꽃이

있다. 얼음꽃

'아! 살고 싶다 옛 날처럼' 외치다
눈물한방울
벌써 옛날이 되어버린 오늘쯤 하루。

코로나만이 아니다. 너무나 많은 것들이 빠르게 변한다
한 번도 가보지 못한 나라로. 살아 본 적이 없는 세상으로.

누구에게 나 ~~마지막 한 방울의~~
~~눈물이 있다~~.
남을 위해서 흘려 줄
마지막 한 방울의
눈물이 ~~있다~~.
얼음속에도 피는 ~~기적~~ 기적의 꽃이
있다.  얼음꽃        2020.10.17.

자自자 쓰고 유由자 쓰려다

눈물 한 방울

펜의 잉크도 마른다.

- 엘뤼아르에게

모나리자의 눈동자

마스크로 가린 너의 얼굴

눈물 한 방울

우주의 별보다

더 많은 분자가 있다는

너의 눈동자를 발견하고.

지금까지 몰랐넌 아름나운 눈동자를 발견하게 된다.

모나리자, 마스크를 한 모나리자가 등장했다. 모나리자의
눈으로 시선이 쏠릴 수밖에 없다. 거기 그 신비한 미소보다
신비한 두 눈이 빛나고 있었다. 모나리자의 눈동자.

이제서야 보았다.

별 같은 눈동자

지금까지 몰랐네.

이제서 알았네.

모나리자의 눈동자

目자 쓰고 由자 쓰려다
눈물 한 방을 ~~마른~~
펜의 잉크도 ~~말랐~~다.
　　　　　　－ 얼큐아르에게
2020. 10月 17일

　　　모나리자의 눈동자

머스크로 가린 너의 얼굴
눈물 한 방을 ~~으~~
~~운하수 1000억개~~의 얼보다
더 ~~많은~~ 너의 눈동자를 발견하고.
~~를 문자가 있는~~

지금까지 몰랐던 눈의 아름다운 눈동자를
발견하게 된다. (모나리자, 마스크로
한 모나리자가 등장했다. 모나리자의 눈
으로 시선이 솔찍 숨길수 없게 없다. 거기
그 신비한 미소보다 신비한 두눈이 맞
나고 있었다. 모나리자의 눈동자.

이제서야 봤다.　　　이제서 알수네
~~영 보자 아름다운~~ 눈동자　{　모나리자의 눈동자
　　　　　／같은
지큐가 지 볼랐네.

텅 빈 광장에

눈물 한 방울

대 - 한 - 민 - 국

손뼉 치며 외쳐대더니 (외치던 소리)

　　광장이 골목이 되었다. 골방이 되었다. 베개가 되었다.

　　최인훈의 광장은 바다가 되었지만……

형님 자전거 훔쳐 타다 넘어지던 날

바퀴살에 비치던 은빛 햇살

무릎의 흉터 위에

눈물 한 방울

　　무릎에는 세 가지 흉터가 있다.

　　따로 서는 연습하다 넘어졌을 때,

　　세발자전거 타다 두발자전거 배우다 넘어졌을 때,

　　첫사랑 하다 넘어졌을 때.

　　이 세 가지 흉터가 있어야 비로소 어른이 된다.

　　어른이 되고 싶지 않다면 피터팬이 되고 싶으면

　　무릎에 상처가 나지 않도록 해라.

젊은이 뛰지 마

넘어져.

나는 괜찮아.

무전취식하고 도망가던

젊은이를 향해서 소리친

가락국수 식당 할머니의 말.

형빈 관장에
눈물 한 방울
대~한민국
~~응원가~~ 손벽 치며
거쳐대다. (외치던 소리)

> 무릎의 흉터 위에
> 눈물 한 방울

형님 라 전거 흥혀
타다 ~~타면발~~ 너머져지던날
~~햇살~~ 비취살에 비치던
~~눈맞던~~ 눈맞 햇살

젊은이 뒤지마
너머져.
나는 괜 참아

무전 회식하러 도방가면
젊은이를 향해서 소리진
가령 국수 식당 할머니의 말.

광장이음목이 되었다
춘방이 되었다
베개가 되었다.
취인중의 ~~~~ 광장은
바다가 되지 있지만.

무릎 이는 흉터는
세가지 흉터가
있다 첫째
따로 서는 연습하다
너머 졌을 때
세발라전거 타다
두발 라전거 베우다
너머 졌을 때
첫 사랑 앓곤하다
너머 졌을 때.

이 세가지 흉터
가 있어야 비로서
어른이 된다.

어른이 되고 싶지
않으면 되러편
이 되고 싶으면
무릎에 상처가
나지 않도록 하
리.

구두끈 매다 아버지 구두의 가죽 냄새

눈물 한 방울

몰래 신고 나온 아버지의 큰 신발

어른이 되어도 채울 수 없는 큰 신발

송홧가루 날리는 날

바람을 보았네

마루방에 엎드려

눈물 한 방울

어머니가 보고 싶다.

눈에 보이지 않던 것이 보인다. 바람은 없다. 아무 데도 없는 어머니.

마루방에 엎드려 방학 숙제 하다 말고 어머니를 기다리던 오후.

점심도 저녁도 아닌 그런 시간. 송홧가루 날리던 뿌연 공간 속으로 간다.

구두꼰 때다 아버지 구두의 가죽냄새
눈물찬 방울/
몰래 신고 나온 아버지의 큰 신발
어린이 되어도 채울수없는 큰신발
　　　　　　　　　　2020. 11. 2

송화가루 날리는 날
바람측 보았네
가죽방에 멸드려
눈 물 한방을
어머니가 보고싶다.
2020. 11. 19.

눈시 보이지 않던것이
보인다 바람은 없다.
아무도 없는 어머니
가죽방에 멸드려 ~~○○~~
방죽죽례 하도 쓸고
어머니를 기다리던
오후. 점심을 저녁
도아닌 그런시간
송화~~○~~가루 날리오던
부엌 ~~○○○~~ 공간속는
로간다.

무릎 흉터에 눈물 한 방울
훔쳐 탄 형님의 자전거
바퀴 위로 본 파란 하늘
세발자전거가 아니라서
형님이 타는 자전거는 높아
페달에 발이 닿지 않는다.
그래도 올라타 미끄러지다
땅바닥에 굴러떨어진다.
눈앞에서 자전거 바퀴의 살들이
은빛으로 돌아가며 천천히
멈출 때까지 그 사이로 하늘을 본다.
무릎이 까져 피가
흘러도 아린 눈으로 흐르던
쓰리고 기뻤던 눈물의 기억.
안전한 세발자전거를 버리고
형님 두 바퀴 자전거를 타려다
무릎을 깨뜨렸는지.
슬프고 자랑스러운 내 어린 날의
훈장 무릎 위의 상처.

무릎 흉터에 눈물 한 방울
훔쳐 탄 형님의 자전거
바퀴위로 보였던 봄 파란하늘
　　　　2020. 11. 19

세발자전거가 아니라서
형님이 타는 자전거는 높아
페달에 발이 닿지 않는다.
그래도 올라타 미끄러지다
땅바닥에 쿵 떨어진다.

눈앞에서 자전거 바퀴 살들이
빛은빛으로 돌아가며 천천히
멈출때까지 그사이로 하늘
을 본다. 무릎이 까져 피가
흘러도 아린 눈으로 흐르던

쓰리고 기뻤던 눈물
의 기억.

안전한 세발자전거를 버리고
형님 두바퀴 자전거를 타려다
무릎을 깨뜨렸는지.

슬프고 자랑스러운 나의 본능의
훈장 무릎뒤의 상처

폴리덴트 한 알을 찢어
틀니를 세척한다.
하얀 거품이 일고 하루가
씻긴다.
어제도 오늘도 이런 순서로
하루가 끝나고 까만 밤이
이부자리를 편다.
5분이면 깨끗이 끝난다.
이빨 사이에 낀 하루의
찌꺼기들이
틀니는 플라스틱
통 안에서 잔다.
내가 내일 아침 깰 때까지.
내일 아침은 오지 않을 수도 있어
"안녕" "잘 자" 혼자 인사말을 한다.

폴리덴트 한알을 짰어
틀이를 세척한다.
하얀 거품이 일고 하루가
씻긴다.
어제도 오늘도 이런 순서로
하루가 끝나고 까만 밤이
이불자리를 편다

5分 ~~도~~ 이면 깨끗이 끝난다.
잇빨사이에 낀 하루의
찌거기들이   틀이는 드라스틱
통안에서 잔다.

내가 내일 아침 깰 때까지.

내일 아침은 오지 않을 수도 있어
"안녕" ~~아침~~ 인사만을 한다.
 "잘자"
        혼자         2020. 11. 29.

딸기는 장미과에 속해 있다.

다이아몬드는 숯과 같은 탄소 동위체이다.

누가 딸기꽃과 장미꽃이 같다고 할까.

누가 숯과 다이아가 같은 것이라고 생각할까.

과학은 늘 사람이 생각하고 느끼는 것을 배반한다.

그러나 과학이 인간의 생활과 관계를 맺는 기술이 되면

느끼고 생각하는 정신까지 바꿔놓는다.

수학이 그렇다. 수리의 세계는 인간의 경험이나 감각과는

아무런 상관이 없는 독자의 논리와 질서로 움직인다.

그런데 그것이 돈이나 계산하는 시장 속으로 생활 속으로 들어오면

엄청난 변화 영향을 준다.

딸기는 장미과에 속해 있다.
다이어먼드는 숯과 같은
탄소 동위체이다.

누가 딸기꽃과 장미꽃이
같다고 할까
누가 숯과 다이어가 같은
것이라고 생각 할까.

과학은 늘 사람이 생각하고
느끼는 것을 배반한다.
그러나 과학이 인간의 생활
과 관계를 맺는 기술이 되면
느끼고 생각하는 정신까지
바꿔 놓는다.

수학이 그렇다. 수리가 세계는
인간의 경험이나 감각과는 아무런
상관이 없는 독자의 논리와 질서를
움직인다.
그런데 그것이 돈이나 계산하는
시장속으로 생활속으로 들어오면
엄청난 변화 영향을 준다

2020.
12.11

첫눈인가본데 많이 내렸다.
아침에 커튼을 열자 눈부신
설경이 지용의 말대로
이마받이를 한다.
지난해 내린 눈은
지금 어디에 있는가?
프랑수아 비용의 시를 한동안
이해하지 못했다.
너무나 당연한 질문이라서.
이제야 겨우 안다.
너무나 당연한 질문인데
한 번도 해보지 못한 것이
가슴을 참 아프게 한다.
지금 저 눈들이 내년 이맘때
어디에 있을까?
나도 그때는 없을 것이다.

첫 눈이 가본데 많이 버렸다
아침에 커튼을 열자 근무신
零幕이 지붕이 밭대로
이 마맥이를 한다

지난해 내린 눈는
지금 어디에 있는가?

프랑시스 비용의 시를 한동안
이해하지 못했다
너무나 당연한 질문이라서.

이제야 거우 안다
너무나 당연한 질문인데
한번도 해보기 못한 것이
가슴을 참 아프게 한다

지금 저눈들이 버려이났때
어디에 있을까?
나도 그때는 없을것이다

저 눈송이처럼

비는 빗방울 소리라도 내지

눈송이들은 올 때나 사라질 때나

소리를 내지 못한다.

　　　빗방울과 눈송이가 대조를 이룬다.

그냥 와서 그냥 간다.

아무 말도 하지 않고

소나무 위에 지붕 위에

그리고 계단 위에도

덮여 있는 눈.

이불을 개키듯 일상의

풍경으로 내려다보이는 도시

누군가 나처럼 어느 창에서

파자마 바람에 기지개를 켜며

바라보고 있겠지. 눈 내린 아침.

지난해 내린 눈들은 지금

어디에 있을까!(비용)

저 눈송이 처럼.

비는 소리라도 내지 ——→ 게는 옹글옹글 소리라도 내지

눈송이들은 올 때나 사라질 때나~

소리를 내지 못한다.

그냥 와서 그냥 간다

아무 말도 하지 않고

소나무위에 지붕위에

그리고 계단위에도

덮혀 있는 눈.

이 봄을 개키듯 일상의

풍경으로 내려다 보이는 都市

누군가 나 처럼 어느 窓이서

파지마 바람에 기대게 를 쓰며

바라보고 있겠지 늘 내린 아침.

지난해 눈들은 지금

어디에 있을까 ! (비틀)

빗방울과
눈송이가
대조롭이
른다.

2020. 12. 13

2021

오랫동안 글을 쓰지 않았더니
만년필이 말라 화초에 물을 주듯
물을 뿌려 글씨를 심는다.
'쓴다'와 '심다'. 어느 것이 정말 정확한 표현인지 이상도
글씨를 쓰는 것을 (줄을 맞춰서) 모를 심는 것에 비유한 적이
있었으니까!
낙서의 장소로 가장 이상적인 곳이 뒷간이다.
아무도 탐내지 않는 공간, 그래서 누구도 침범하지 않는
무소유의 공간 그래서 변소 벽에는 항상 낙서가 무성하다.
사적 공간이면서도 막상 어떤 개인도 소유할 수 없는 공적 공간, 이 아이러니
속에서 탄생되는 낙서 역시 가장 은밀한 것이면서도, 공개된 벽보와 같이
노출되어 있다.
내가 낙서를 다시 계속해가야 할 이유다.

오랫동안 글을 쓰지 않았더니
만년필이 막자 화초에 물을 주듯
물을 뿌려 근질 삼는다

산다와 심다. 어느것이 정말 정확한
표현인지 이상도 근질을 쓰는것을
모를 심는 (글을 빗춰서)것에 비유한
적이 있었느냐가‼

조선일보가 이 낙서장을 훔쳐보고
훔쳐가려고 한다. 낙서의 장소로 가장
이상적인곳이 뒷간이다.

아무도 탐내지 않는공간, 그래서 누
구도 침범하지 않는 무소유의공간
그래서 변소 벽에는 항상 낙서가
무성하다.

사적 공간이면서도 막상 어떤 개인도
소유할수 없는 공적 공간, 이 아이러니
속에서 탄생되는 낙서 역시 가장
은밀한 것이면서도, 공개된 벽보와 같이
노출되어 있다
내가 낙서를 다시 계속해 가야 할 이유다
2021. 1. 16

외기러기 울음소리에

눈물 한 방울

잠잠해진 들판의

까마귀 소리.

두보의 시 〈고안孤雁〉을 눈물 한 방울로 옮겨 쓴 것이다.

까마귀는 온몸이 까맣다. 눈알까지도. 그래서 새 조鳥 자에서

점 하나 빼서 까마귀 오烏 자를 만들었다고도 한다. 시에서도

까마귀는 늘 악역을 맡는다. 백로의 앤타고니스트antagonist로.

까마귀 싸우는 곳에 백로야 가지 마라.

기러기들이 달밤에 하늘을 난다. 서양 사람들은 V자로

날아간다고 하고 한국 사람은 ㄱ자로 난다고 한다. 표현(모양)은 다르지만

문자에 비한 것은 같다. 하늘에 찍힌 글자. 기러기들의 '기럭' '기럭' 울고 가는

음성문자가 상형문자로 바뀐 것이다.

V자와 달리 ㄱ자는 기러기의 울음소리를 딴 표음자로 볼 수 있으니

모양과 소리를 다 같이 표현하고 있다. 알파벳 V보다는 한 수 위다.

아침이 와도 밤의 어둠이 파편의 흔적으로 남아 있는 것이 까마귀이다.

까마귀는 영원한 밤의 어둠을 간직한다.

야아무의서野鴉無意緖 명조역분분鳴噪亦紛紛

생각도 느낌도 없는 들까마귀는 시끄럽게 소리 내어 지저귀는구나.

　　기러기이야기는 뒤에서 하자.

외 기러기 울음소리에
눈물 한 방울
잠잠해진 들판의
까마귀 소리.

두보의 고안을 눈물 한방울로 옮겨 쓴 것이다.
까마귀는 온 몸이 까맣다 눈알까지도 그래서
새 조 (鳥)자에서 점 하나 빼서 까마귀 오 자를
만들었다고도 한다 시에서도 까마귀는
늘 악역을 맡는다. 백노의 엔타고니스트 (antagonist)
로. 까마귀 싸우는 곳에 백노야 가지 마라.

기러기들이 달밤의 하늘을 난다. 서양사람들은
V 자를 날아 간다고 하고 한국사람은 ㄱ 자를 난다
고 한다 표현 (모양)은 다르지만 문자에 비한 것은
같다 하늘에 찍힌 글자 기러기들의 '기럭기럭'
울고 가는 음성 문자가 상형문자로 바뀐 것이다.
V자와 달리 ㄱ자는 기러기의 울음소리를
딴 표음자로 볼 수 있으니 모양과 소리를 다 겸이 표현
하고 있으니 알파베트 V 보다는 한수 위다.
아침이 와도 밤의 어둠이 타편의 흔적으로 남아
있는 것이 까마귀이다. 까마귀는 영원한 밤
의 어둠을 간직 한다.
野雅無意緒　鳴噪亦紛紛
생각도 느낌도 없는 들 까마귀는
시끄럽게 소리내어 지저귀는 구나.

2021. 1. 26
※ 기러기 이야기는
뒤에서 하자.

글 한 줄 쓰고
마침표를 찍듯이
하루 해가 질 때마다
점을 찍어갑니다.
그리고 점마다 노을 종소리가 되어
울리는 것을 가만히, 엿듣습니다.
하루 해뿐이겠습니까?
한 호흡, 한 걸음, 한 마디 말,
만나는 사람들과 헤어질 때마다
점을 찍고 노을 종소리를 기다립니다.
한 해가 저무는 지금
빨갛게 불타다 어둠이 되는
노을의 까만 마침표를 찍으며
다시 시작하는 글을 생각합니다.

한 \ ~~문장을~~ ~~쓸~~ ~~때~~ ~~마다~~ 쓰고
~~종지부~~를 찍습니다 듯이
아침물
하루 해가 질때 마다
~~종지부~~ 마침표 소리듯을 찍~~습니다~~ 으면
~~노을종소리가 들렴니다, 나렴니다,~~
그림 점마다 노을 종소리가 되어
울리는 것을 들읍니다.
가만히,엿

하루해 별이 졌습니까?
한 호흡, 한 걸음, 한마디 말

나즌 ~~볼~~ 때 마다 마지막 점을 찍고
~~별을 돌돌~~ 찍습니다. 노을종소리를 기달
~~내 생명이 저는~~ 한해가 ~~다가며~~ 님다.
빤 강게 불 타 ~~별~~ 에 들이 되는
노을의 ~~별을~~ 돌돌 찍습니다 으며
까만 마침
다시 시작하는 음을 ~~씁니다~~ 생각합니다
2021 1. 31

저묵는지요

저는 삶들과 히어진때 밤

깃털 묻은 달걀에

눈물 한 방울

외할머니 미지근한 손의 열기여!

깃털이 묻은 달걀. 막 암탉이 알을 낳고 꼬꼬댁거린다.

외갓집에 가면 깃털 묻은 달걀을 외할머니가 가져다주신다.

방금 꺼낸 달걀에는 미지근한 열기가 남아 있다.

그게 달걀의 열기인지 외할머니의 손에서 전해진 온기인지.

내 손으로 옮겨진 깃털 묻은 계란에 눈물 한 방울이

떨어진다. 암탉은 알을 낳고 외할머니는 정을 낳고.

그 온기 속에서 자란 내 생명의 온도. 식지 않는 이 온기,

미지근한 것이 손에 잡힌다. 어머니의 어머니, 그 어머니의 어머니.

과학자들은 아프리카에 살던 인류 최초의 외할머니를

'미토콘드리아 이브'라고 부른다.

깃털 묻은 ~~계란아~~
눈물 한 방을 달걀에
의 할머니 ~~박 손 윤서~~ ──── 기저분한
~~박승환~~ 의 열기여!

깃털이묻은 달걀, 막 암탉이 알을 낳고
꼬끄댁 거린다. 방금 깨낸 달걀에는
기저분한 열기가 남아 있다.

외가집에 가면 ~~꼬~~ 깃털 묻은 달걀을 외할
머니가 가져다 주신다 그게 달걀의 남
은 열기인지 외할머니 손에서 느껴지는
온기 인지.

내 손으로 옮겨진 깃털 묻은 계란에
눈물 한 방울이 떨어진다. 암탉은
알을 낳고 외할머니는 정을 놓고.
그 온기 속에서 자란 내 생명의
온도. 식지 않는 이 온기, 기저분한 2021.
그렇게 깃이 손에 잡힌다. 엄마의 5.1.
엄마, 그 엄마의 엄마, 우리혈족들는
깃털 묻은 계란아, 이브라고 부른다

계란의 외할머니를

내가 없는 세상에도 해가 뜨고 저녁에는 노을이 지겠지.

대낮 긴 노동의 시간이 끝나면 한밤 어둠의 시간이 오겠지.

나는 그 세계가 잠든 시간 속에 있을 것이니

내가 베고 자던 베개가 거기 있겠지.

날 위해서 울어주는 사람도 옛날이야기를 하듯 호랑이 담배 먹던 시절로

사라지겠지.

내가 없는 세상에도 내가 사랑하는 것들은 별사탕처럼 달콤한 색깔로 빛나고

있을 거야.

내가 없는 세상에도 내가 밟고 지나간 흙 위에 민들레 한 포기 밟아도 밟아도

피는 질경이꽃 한 송이 피겠지.

그 많은 사람들이 걸어가던 거리가 비어 있는 시각에도 가로등은 켜져 있는

거야.

내가 없는 텅 빈 세상에도, 불빛은 꺼지지 않고 있는 거야.

내가 없는 세상에도
해가 뜨고 저녁에는
노을이 지겠지

대낮의 긴 노동의 시간이
끝나면 한낮와 밤의
어둠의 시간이 오겠지

나는 그 세계가 잠든
시간의 깊속에 있을거니

내가 내려가면 에게가
거기 있겠지

이제는 아무도 낙 위처서
울어주는 사람도 옛날이야기
를 하듯, 호랑이 담배 떨던
시절로 사라지겠지

내가 없는 세상에도
내가 사랑하는 것들은
별 사탕처럼 달콤한
생각으로 방나고 있는거야

내가 없는 세상에도
내가 앓르지나간 흠의에
빈들레 한송이 밝아도 밝아도 타는
질경이 꽃 한송이 되겠지.

그 많은 사람들이
걸어가던 거리가
비어 있는 시각에도
가로등은 켜져있는
거야.

내가 없는 텅빈
세상에도,
불빛은 \ 없는거야
꺼지지 않고
2021. 3. 6

하나님 제가 죽음 앞에서 머뭇거리고 있는 까닭은, 저에게는 아직 읽지 않은
책들이 남아 있기 때문입니다.
정직하게 말하자면 옛날 읽은 책이라고 해도 꼭 한 번 다시 읽어야 할 책들이 날
기다리고 있기 때문입니다.
매일 체중이 줄고 기억력은 어제보다 가벼워지고 있어
내일이 가물거리는데도 신간 서적 서평이나 광고를 보며
책 주문을 합니다.
금서로 읽지 못한 《자본론》을 읽고, 마키아벨리의 《군주론》을
오늘 띄엄띄엄 읽었습니다. 정직하게 말히면 인터넷 PDF 파일로 된
논문이거나 해설이거나 구텐베르크.org에 있는 전자책들입니다.
서재에 있는 책들은 힘이 없어 지하에 내려가기 어렵고, 손이 닿지 않는 높은
서가에 있어 그냥 훑어보는 것도 힘이 듭니다.
하나님, 내일 죽을 사람이 감춰둔 상자를 꺼내 금전 은전 동전을 세고 있는
추악한 모습이 떠오르지만 옛날처럼 경멸하거나 비웃음의 이야기로
삼지 않으렵니다.
죽음 앞에서 머뭇거리게 하는 그런 소중한 것이 이 껍데기뿐인
인간의 삶에 있었다면 하나님 용서하소서. 조금 늦게 가도 용서하소서.

하나님 제가 죽음앞에서 죽어 머뭇거리고
있는까닭은, 저에게는 아직 읽지않은 책들
이 남아있기 때문입니다.
정직하게 말하자면 옛날 읽은 책이라고
해도 꼭 한번 다시 읽어야 할 책들이
날 기다리고 있기 때문입니다.

매일 체중이 줄고 기억력은 어제보다
가벼워지고 있어 내일이 가물거리는데도
신간 서적 서평이나 광고를 보며 책주문을
합니다.

금서로 읽지 못한 資本論을 읽고 네카메라
의 君主論 책을 오늘 며칠 걸려 읽었습니다.
정직하게 말하면 인터넷 PDF 파일로된.
논문이거나 해설이거나 구텐베르그. org에 있는
전자책들입니다.

서재에 있는 책들도 힘이 없어 지하에 내려가
거나 손이 닿지 않는 높은 서가에 있어 그냥 훑어
보는것으로 힘이듭니다

하나님, 내일 죽을 사람이, 장기들 상자를 꺼내
금원 은행 통장을 해고 있는 출납하는 모습이
떠오르지만 옛날 하던 경멸하거나 비웃음
의 이야기를 삼지 않으렵니다.

죽음 앞에서도 머뭇거리게 하는 그런 속죄
할것이 깨 데기 묻언 인간의 삶이 있었다면
하나님 용서하소서. 조금 늦게가도 용서하소서
2021. 3. 19.

많이 아프다. 아프다는 것은 아직 내가 살아 있다는 신호다.
이 신호가 멈추고 더 이상 아프지 않은 것이 우리가 그처럼
두려워하는 죽음인 게다.
고통이 고마운 까닭이다. 고통이 생명의 일부라는 상식을
거꾸로 알고 있었던 게다. 고통이 죽음이라고 말이다.
아니다. 아픔은 생명의 편이다. 가장 강력한 생生의 시그널.
아직 햇빛을 보고 약간의 바람을 느끼고 그게 풀이거나
나무이거나 먼 데서 풍기는 향기를 느낄 수 있는 것은
아픔을 통해서이다.
생명이 외로운 것이듯 아픔은 더욱 외로운 것.
고통의 무인도에서 생명의 바다를 본다.
그리고 끝없이 되풀이하는 파도의 거품들.
그 많은 죽음을 본다.

많이 아프다. 아프다는 것은 아직 내가
살아 있다는. 신호다.
이 신호가 멈추고 더 이상 아프지 않은
것이 우리가 그처럼 두려워하는
죽음인게다.
고통이 고마운 까닭이다. 고통이 生命
그 일부라는 상식을 거꾸로 알고 있었
던 게다. 고통이 죽음이라고 믿이다.

아니다 아픔은 생명의 편이다. 가장
강력한 삶의 시그널.

나직 햇빛을 보고 약간의 바람을 느끼고
그게 풀이거나 나무이거나 먼 데서 풍
기는 향기를 느낄 수 있는 것은 아픔을
통해서이다.

생명이 되돌는 것이듯. 아픔을 더욱 되돌
는 것.   고통의 북은 너서 生命의 바
다를 본다. 그리고 끝없이 되풀이하
는 파도의 거품들. 그 없는 죽음을 본다
                2021. 5. 어버이날?

죽음의 문법

죽음 앞에 서면

어떤 동사도 움직일 수 없다.

어떤 명사도 제자리를 지킬 수 없다.

형용사와 부사는 갈 곳을 몰라 방황한다.

나와 너의 인칭도 구별되지 않고

단수와 복수도 가늠할 수 없다.

다만 지금까지 글 끝에 보이지 않던

종지부 마침표의 점만이 검은 태양처럼 떠오른다.

두 문자로 시작되었던 낱말들을 태양의 흑점이 삼켜버린다.

아무도 내 아픔을 모른다. 혼자 아프다.

## 죽음의 文法

죽음 앞에 서면
어떤 動詞도 움직일 수 없다.
어떤 名詞도 제자리를 지킬 수 없다.
形容詞나 副詞는 갈곳을 몰라 방황한다

나와 너의 인칭도 구별되지 않고
단수와 복수도 가늠할 수 없다.

다만 지금까지 글 끝이 보이지 않던
종지부 까치표의 점만이 검은 태양처럼
떠오른다.

두문자로 시작되었던 낱말들을 태양의
흑점이 삼켜 버린다.
                                2021. 5. 스승의날에


아무도 내 아픔을 모른다. 혼자 아프다.

우리 사랑해요.

바람이 부는 동안

머리칼 날리며

모래밭을 달려요.

우리 사랑해요.

햇빛이 있는 동안

서로 얼굴을 쳐다보며

이야기해요.

우리 사랑해요.

새들이 우는 동안

높은 나뭇가지 위에서

함께 노래해요.

바람이 멎고 햇빛이 지고

새들이 울지 않으면

그때 헤어져요.

우리 사랑해요
바람이 부는 동안
머리칼 날리며
모래밭을 달려요

우리 사랑해요
햇빛이 있는 동안
서로 얼굴쳐다보며
이야기 해요

우리 사랑해요
새들이 우는 동안
돌도 나뭇가지 되게서
함께 노래해요

바람이 멎고 햇빛이지고
새들이 울지 않으면
그때 헤어져요

2021.
6.

암 선고를 받고 난 뒤로
어젯밤에 처음, 어머니 영정 앞에서
울었다. 통곡을 했다.
80년 전 어머니 앞에서 울던
그 울음소리다.
울면 끝이라고 생각했다.
이를 악물고 울음을 참아야
암세포들이, 죽음의 입자늘이
날 건드리지 못한다고 생각했다.
차돌이 되어야지. 불안, 공포 그리고
비애 앞에서 아무것도 감각할 수 없는
차돌이 되어야지. 그렇게 생각했다.
어제 그런데 울었다. '엄마 나 어떻게 해.'
울고 또 울었다. 엉엉 울었다.

　　어릴 적에 아이들 간에 규칙이 있었다.

　　싸움을 하다가 먼저 우는 사람이 패자가 된다는 것.

암선고를 받고쁘받은 뒤
어제 처음, 어머니 영정앞에서
~~통곡을하곤~~ 울었다. 통곡을했다
80년전 어머니앞에서 울던
그 울음소리다.

울면 끝이라고 생각했다.
이를 악물고 슬픔을 참아야
암 세포들이 죽음의 입자들이
날 건드리지 못한다고 생각했다.

차돌이 되어야지 불안. 공포 그리고
창룡 앞에서 아무것도 감각 할수없는
차돌이 되어야지 그렇게 생각했다.
어제 그런데 울었다. '어쩌 나 어떻게해'

울고 또 울었다. 엉엉울었다.
~~그렇게 어제는 안앉하게~~ 나 혼자 였고.
2021. 7. 30 금요일
TV조선 12시간 녹화를 하고 봄이 시체가
되었던 날, ~~XXXXXXXXXXXX~~

어릴적시 아이들같이 규칙이 있었다. 싸움을 하다가 먼저 우는사람 이 대자가 된다는 것

쇼팽의 피아노 콘체르토를 다시 한번 들어야 하는데
보들레르의 〈상승 Élévation〉을 다시 한번 읽어봐야 하는데
이상의 〈권태〉 아이들이 뒤보는 장면을 다시 한번 뒤져봐야 하는데
루오의 그림들을 찾아 다시 오려내 삽화로 써야 하는데
왜 지금인가?
왜 지금인가?
이제는 소변도 나오지 않는다.

쇼팽의 피아노 콘체르토를
다시 한번 들어야 하는데

보들레르의 elevation
을 다시 한번 읽어 봐야 하는데

이성이 권태 아이들이 되보는
장면을 다시 한 번 뒤져 봐야하는데

독오의 그림들을 찾아
다시 오려 내 삽화를 써야하는

왜 지금인가?
왜 지금인고?

2021. 8. 1.
（이때는 소변도 나오지 않는다.

한 발짝이라도 걸을 수 있을 때까지
걷자.
한 호흡이라도 쉴 수 있을 때까지
숨 쉬자.
한 마디 말이라도 할 수 있을 때까지
말하자.
한 획이라도 글씨를 쓸 수 있을 때까지
글을 쓰자.
마지막까지 사랑할 수 있는 것들을
사랑하자.
돌멩이, 참새, 구름, 흙 어렸을 때
내가 가지고 놀던 것, 쫓아다니던 것,
물끄러미 바라다본 것. 그것들이 내가 사랑하는 것들이었음을
알 때까지
사랑하자.

한 발짝이라도 걸을 수 있을 때 까지
걷자.
한 호흡이라도 쉴 수 있을 때 까지
숨쉬자
한 마디 말이라도 할 수 있을 때 까지
말하자.
한 획이라도 로씨를 쓸 수 있을 때까지
글을 쓰자.

마지막까지 사랑할 수 있는 것들을
찾아보자. 사랑하자.
돌멩이. 참새. 구름 흙 어렸을 때
내가 가지고 놀던 것. 좋아 하 나 또 골
똘고리 니라다 본 것 , 그것 들이 사랑
하는 것들이 있는들
알 때 까지
사랑하자.
2021. 8. 1.

어둠과의 팔씨름
한밤에 눈뜨고
죽음과 팔뚝 씨름을 한다.
근육이 풀린 야윈 팔로
어둠의 손을 쥐고 힘을 준다.
식은땀이 밤이슬처럼
온몸에서 빈짝인다.
팔목을 꺾고 넘어뜨리고
그 순간 또 하나의 어둠이
팔목을 걷어올리고 덤빈다.
그 많은 밤의 팔목을 넘어뜨려야
겨우 아침 햇살이 이마에 꽂힌다.
심호흡을 하고 야윈 팔뚝에 알통을 만들기 위해
오늘 밤도 눈을 부릅뜨고 내가 넘어뜨려야 할
어둠의 팔뚝을 지켜본다.

아들과의 팔씨름.

한밤에 눈뜨고
죽음과 팔뚝씨름을 한다.

근육이 돌린 야윈 팔로
어둠을 ~~들어~~ 쥐고 힘을 준다.
식은 땀이 밤이슬처럼
온 몸에서 반짝인다.

~~쉽게 아주 쉽게 어둠의~~ 팔목을
꺾었고 ~~넘어~~ 잔다 뜨려고
~~그러나~~ 그 순간 또 하나의 어둠이
팔목을 걸어 온리고 덤빈다.

그 밤을 ~~쉽게 아주 쉽게 어둠의 둔 목은~~
밤의 팔 바람 차듯 제 자라를 넘어진다.
~~놓을~~ 넓히 뜨려야 겨우 아침 햇살이 이마에 꽃힌다.
심호흡을 하고 야윈 팔뚝에
알통을 만들기 위에
오늘 밤도 눈을 부릅뜨고 내가 넘어뜨려야 하는
어둠을 지켜본다.
~~부팔추를~~   2021. 9. 11

기병대처럼 아침이 왔다.

햇살이 나팔 소리처럼 먼 데서 들려오더니.

밤새 어둠과 싸워 이불 위에

닝마처럼 쓰러진 미라 같은 내 몸에.

기병대처럼 아침이 왔다.

이 밤이 마지막이라고 생각했던

2021. 10. 25일 새벽 한 시

아침이 되기에는 아직도 여섯 시간 더 기다려야 하는데.

기병대는 모든 전투가 끝나고 화살이 부러지고. 포장마차가

불타고 죽은 소녀의 오르골이 울릴 무렵에야 늦게 온다.

불을 켜놓고 처음 잠을 잤다.

밤이 무섭다.

기명대처럼 아침이 왔다
햇살이 나팔소리처럼 먼데서
들려오더니

밤새 어둠과 싸워 이불케기
넝마처럼 쓸어진 미라같은
내 몸에. 기병대처럼 아침이왔다

이 밤이 마지막이라고 생각했던
2021. 10 2X월 25일 새벽한시.
아침이 되기에는 아직도 여섯시간을더
기다려야 창 하는데.
기병대는 늘든 전득거 끌나르 환상이
석러지고. 도랭비(친거 불러진 죽은새
의 울름이 늘럼 늘럼 늦게온다.
에이그

붉는처럼 처음 잠들잖다
밤이 무섭다.

신문 없는 날
신문 없는 날은 좋더라.
새 소식이 없으니
새 우는 소리가 들리더라.
신문에도 얼굴이 있어서
면面이라고 부르는데.
아침마다 그 얼굴을 안 보니
잃어버렸던 얼魂이 보이더라.
신문 없는 날은 좋더라.
아무 일도 없으니
정치도 경제도 사회도
그리고 문화마저도 보이지 않으니
하늘이 보이더라.
땅이 없으니
별이 보이고 구름이 보이고
해가 떠오르더라.

신문없는 날

신문 없는 날은 좋더라
새소식이 없으니
새 우는 소리가 들리더라

산동에도 벌굴이 있어서
면(面)이라고 부르는데.
아침마다 그 벌굴을 안보니
잃어버렸던 얼(魂)이 보이더라.

신 문없는 날은 좋더라
아무 날도 없으니
정치도 경제도 사회도
그리고 문화까지도 보이지 않으니

하늘이 보이더라
땅이 없으니
별이 보이고 구름이 비끼고
해가 떠오르더라

이제는 내 손으로라도
끝내자.
참을 수 없는 밤들을
더 기다리지 말고
그 밤을 찢어버리자.
내 손으로 이제는
밤이 없도록
어느 저녁 노을을
아침 노을이라
생각하고
서쪽을 동쪽이라
생각하고
이제 엎드려 절 한 번 하고
떠나자. 지겨운
남은 밤들을 떠나자.

이제는 내 손으로라도
끝내자.
참을수 없는 밤들을
더 기다리지 말고

그 밤을 찢어버리자.
내 손으로 이제는

밤이 없도록

나는 저녁 노을을
아침 노을이라
생각하리
서쪽을 東쪽이라
생각하고

이제 없도록 결하번
하고
떠나자. 차가운
남은 밤들을 떠나자

2021. 12. 8.
밤 3시.

할렐루야 변비
배설에 비하면
먹는 것처럼 쉬운 것이 없다.
음식마다 무지개색만큼
현란한 미각소가 맛의 교향곡을 만들어낸다.
먹는다는 것은 폐기물, 쓰레기
배설의 극한의 대립점
배설은 천한 것이고
더러운 것이고
기피해야 할 혐오
그런데 지금 나는 그 배설의 순간을 고도를 기다리듯 기다리고 있다.
장화를 들여다보듯이 나는 나의 내장들을 꿰뚫어 본다.
변비 끝에 대변이 나오면 정말 나는 경건한 기도, 기쁨의 찬미가를 부르듯
"할렐루야"라고 환성을 지른다.

　　변비의 고통 속에서
　　하나님은 청결한 식탁에 나타나시는 게 아니라
　　배설하는 변소와 같은 더럽고 천한 데 임하신다.
　　거기에는 '성스러운 더러움'이 있다. 진짜 삶의 덩어리가 있다.
　　황금과 똥이 같은 빛 덩어리라는 것을 부정하지 말라.

할레루야 변비

배설에 비하면
먹는 것 처럼 쉬운 것이 없다
음식 마다 무지개 색 만큼
현란한 미각손가 맛의 교향곡
을 만들어 낸다

먹는 다는 것의은 (폐기물, 쓰레기)
배설의 ~~비하면~~ 극한의 더럽짐

배설은 천한 것이고
더러운 것이고
기피해야 할 혐오

그런데 지금 나는 그 배설
의 순간을 ~~신을~~ 고도를 기다리듯
기다리고 있다.

장화를 들여다 보듯이 나
는 나의 배랑들을 꿰 뚫어 본다.

변비 끝의 대변율 ~~변~~이 나오면
정 말 나는 경건한 기도~기쁨
에 찬 미가를 부르듯 "할레루야"
라 과 환성을 지른다.

2021. 12. 28.
변비노그룹속에서

하나님은 청
결한 식탁에
나타나시는
게 아니라

배설하는
변소와같
은 더럽고
천 한데
임 하신다

거기에는
"성스러운
더러움이"
있다.

진짜 삶의
덩어리가
있다.

황금과
~~똥~~ 똥이
같은 덩어
리
라는 것을
부렁 하리
마라

이제 떠납니다.

감사합니다.

많은 우물을 팠지만

마지막 우물 파기는

힘들었습니다.

만약 물이 나왔더라면

그 물로 사하라 사막을 젖게 하여

선인장 아닌 장미

백합 아니면

우리 뒷동산 개나리를

피웠을 것입니다.

내 낙서도 여기에서 끝이 납니다.

맞춤법 스트레스에서 벗어납니다.

안녕

이제 떠납니다
감사 합니다

많은 우물을 팠지만
마지막 우물 파기는
힘들었습니다.

만약 물이 나왔더라면
그 물로 사라라 사막을
젖게 하여

선인장 아닌 장미 꽃은
백합같은 이나면
우리 뒷동산 개나리를
되 있을 것입니다.

너 ~~른들~~ 이야기에서 끝이 납니다
낙서도
맞춤법 스트레스에서
벗어납니다.
인열
2021. 12. 30. 아침

2022

내 다리가 부어 풍선처럼
부풀었구나.
아니다. 이렇게 무거운 것을
보면 분명
그것은
바위가 된 것이다.
마치 신전의 무너진,
어느 신이 살다 간
빈집의 기둥처럼
뛰어다니며 땅개비
잡으러 다니던 어린
시절.
그 다리가 이렇게 되어
내
두 눈 감으리라고
생각이나 했겠느냐.
미래는 과거의 일기장
다리가 무너지는 그날
누가 일기를 적나?

내 다리가 부어 풍성처럼
부풀었구나.
아니다. 이렇게 묵거운 것은
보면 분명
그것은
바위가 된것이다

마치 신전의 무너진
어느 신이 산 다간
빈제의 기둥처럼

뛰어 다니며 땅개비
잡으려 다니던 어린
시절.
그 다리가 이렇게되어
너
두 눈 감으러이라고
생각이나 했 겠느냐

미래는 과거의 인기장
다리가 무너 지는 그날
누가 인기를 적나?

2022. 1.5.

여기에 남은 여백만큼만
살게 하소서.
병마와 싸우다가도
행복한 날에는 건너뛰고
글로 남기지 않았습니다.
그러니. 여기 남긴 글들은
어둡고 좁은 골목길
저녁 짓는 연기로 매운
빈터이기는 하나
그래도 내 몸을 받아줄
빈터인 줄 아오니
여백만큼 살게 하소서.
시인의 기도였으면 좋겠는데
환자의 말에는 모두가
소독 냄새가 납니다.
용서하소서.

아직 남은 숨이 있음란
숨게 하소서.
病과의 싸우다가도
행복한 날 에는 건너
뛰고 글을 남기지
않았습니다
그러나. 여기 남긴 글들
은 어둡고 좁은 골목길
저녁 짓는 연기로 매운
빈터이기는 하나.

그래도 내 폭은 밤하늘
인 드리는 줄이되
여백 만큼을 살게 하소서.
시인의 기도였으면 좋겠느니

환자의 발기도 문득가
쇠붙냄새가 납니다.
올리하소서  22년.5.

책들과도 이별을 해야 할 시간이 되어서
최고사령관이 부대의 사열을 하듯
서가의 구석구석을 돌았다.
쇠다리 같은 무거움으로 나를 가끔 멈추게 하는
낯익은 녀석들이 있다.
그 책마다 내가 써야 할 아이디어와 불을 지펴야 할,
그래야 불타오를 수 있는 혼들이 있는데,
그냥 지금 작별을 해야 한다.
영영 내 생각들은 저 책갈피 속에서 재가 되고
먼지가 되겠지.
오, 하나님 절대로 연명하고 싶어서가 아닙니다.
이 아이들 놓고 떠나면 이 녀석들은 모두 고아가 됩니다.
그중에는 《프루스트와 오징어》라는 책도 있었습니다.
요즘 유행인 〈오징어 게임〉이 연상되어 웃었지만.
나는 이 책의 내용들과 프루스트가 아니라,
지드의 《사전꾼》과 연결하여 글을 쓰고 싶었지요.
'가짜 돈'이란 바로 '사생아'였던 거지요.
가짜 돈처럼 태어난 사생아의 일생, 재미있지 않은지?
그러니 조금만 시간을 남겨주세요.
'사생아' 이야기를 하고 싶어요.

책들과도 이별을 해야 시간이 되어서
최고사령관이 부대의 사열을 하듯
서가의 구석구석을 훑어봤다

사다리처럼 무거움이 가끔 멈추게 하는
속있은 녀석들이 있다
그 책마다 내가 써야할 나이대여와 붙은
거떠야한, 그래야 불러소롤 수 있는 흔들
이 있는데, 그냥 지금 작별을 해야한다것.

영영 내 생각들은 저 책갈피 속에서 재기-
되고 먼지가 되겠지

오. 하나님 절대로 연명하고 싶어되가
아닙니다. 이 아이들놀로 떠나면
이 녀석들은 노특가 그아기 됩니다.

그 중에는 "프르스트와 오징어" 라는
책로 있으슈니다 놔지금 오징어 게임이
연상되어 웃웃지만. 나는 이 책의 내음들
과 독립트가 아니라, 지드의 '사전곡'
라 연 결하여 글을 쓰고싶음지록
`가짜돈'이랑 비를 `사생아' 였던 거지오
가까똔처럼 태기번 사생아의 일생,
재끼 있지 않는지~
그러니 조금난 시간은 넘겨 주쇠는 `사생아'이야기를
하고싶어는

우리는 혼자가 아닙니다. 시간의 덫에 걸려 움직일 수가 없습니다.

데자뷰라는 현상 속에서 사막에서 혹은

깊은 숲속에서 헤매는 사람처럼 수천 번을 같은 자리에서 맴돌고 있는 중입니다.

반복의 지루함을 아시지요, 하나님. 시시포스의 형벌.

하나님께서 만드신 응징의 법은 바로 반복이었습니다.

이 지겨운 반복의 덫에서, 시간의 덫에서 지금 나는 천만 번이나 수억겁 년을

반복할지 모릅니다.

우리는 다 혼자가 아닙니다 시간의 덫에 걸려 움직일수
가 없습니다 Déjavu 라는 현상속이 되 사막의 혹은
길을 술속에서 헤매는 사람 처럼 수천번을 같은 곳에서
맴 돌고 있는 중입니다

반복의 지독함을 아시지요, 하나님 시저코즈의 형벌. 하나님
께서 만드신 응진의 법은 바로 반복이 있습니다. 이
지겨운 반복의 덫에서 시간이 멈춰서 지금 나는 천만번
이거 수없지 년을 반복 할지 모릅니다

2022. 1. 22

누구에게나 마지막 남은 말,
사랑이라든가 무슨 별 이름이든가
혹은 고향 이름이든가?
나에게 남아 있는 마지막 말은 무엇인가?
시인들이 만들어낸 말은 아닐 것이다.
이 지상에는 없는 말, 흙으로 된 말이 아니라
어느 맑은 영혼이 새벽 잡초에 떨어진 그런 말일 것이다.
하지만 그런 말이 있는지 나는 알 수 없다.
내 몸이 바로 흙으로 빚어졌기에
나는 그 말을 모른다.
죽음이 죽는 순간
알게 될 것이다.

누구에게나 마지막 남은 말,
사랑이라던가 무슨 몇 이름이라던가
혹은 고향이름이던가?

나에게 남아 있는 마지막 말은
무엇인가?

詩人들이 많들어 쓴 말은 아닐것이다.

이 地上에는 없는 말 흙으로 된 말이
아니라
어느 맑은 영혼이 새벽 잠호에 떨어뜨린
그런 말일 것이다.

하지만 그런 말이 있는지 나는 알수
없다
내 몸이 바로 흙으로 빚어 졌기에
나는 그 말을 모른다

죽음이 죽는 순간
알게 될것이다

                    1月·23日 밤(새벽)

# 이어령

초대 문화부장관. 문학평론가. 호는 능소凌宵. 1933년(호적상 1934년) 충남 아산에서 태어났다. 서울대학교 문리과대학 및 동 대학원을 졸업하고, 단국대학교 대학원에서 박사 학위를 받았다. 서울대 재학 시절 〈이상론〉으로 문단의 주목을 끌었고, 곧 기성 문단을 비판하는 〈우상의 파괴〉로 데뷔한 이래 20대부터 서울신문, 한국일보, 중앙일보, 조선일보 등의 논설위원을 맡으면서 논객으로 활약했다. 1966년 이화여자대학교 문리대학 교수로 시작해 30년 넘게 교단에 섰으며, 1988년 서울올림픽 개폐회식 행사를 총괄 기획해 '벽을 넘어서'라는 슬로건과 굴렁쇠 소년으로 전 세계에 한국을 각인시켰다. 1990년 초대 문화부장관으로 재임하며 한국예술종합학교 설립과 국립국어원 발족을 추진했다. 새천년준비위원장, 한중일 비교문화연구소 이사장 등을 역임했다. 2021년 한국문학 발전에 기여한 공로를 인정받아 문화예술 발전 유공자로 선정되어 금관문화훈장을 받았다.

대표 저서로 《저항의 문학》《흙 속에 저 바람 속에》《축소지향의 일본인》《디지로그》《지성에서 영성으로》《생명이 자본이다》《거시기 머시기》《눈물 한 방울》 등의 논픽션과 에세이가 있으며, 소설 《장군의 수염》, 시집 《어느 무신론자의 기도》, 희곡과 시나리오 《기적을 파는 백화점》《세 번은 짧게 세 번은 길게》 등 분야를 가리지 않고 160여 권의 저작을 남겼다. 2022년 2월 26일 별세했다.

이 책은 저자가 2019년 10월부터 영면에 들기 한 달 전인 2022년 1월까지 노트에 손수 쓴 마지막 글을 정리한 것이다.

눈물 한 방울、 이어령